Mongolische Heimlichkeiten

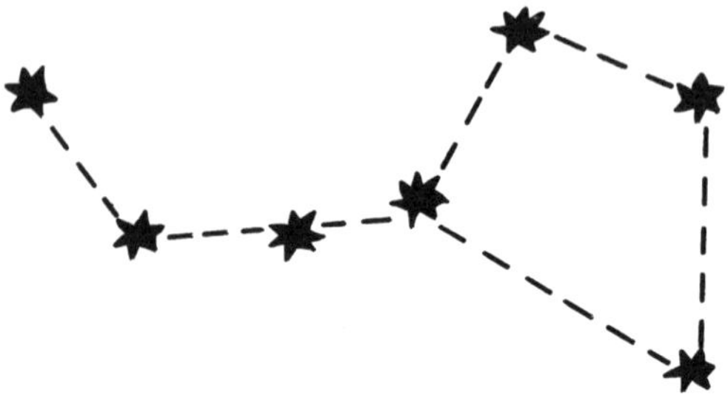

Fritz Mühlenweg

Mongolische Heimlichkeiten

Erzählungen und Weisheitssprüche aus der Wüste Gobi

Libelle

Jetzt ist die richtige Zeit,
den angewärmten Geist mit einer Geschichte zu erfreuen.

Erzählungen

Mongolische Weisheiten

Mongolische Heimlichkeiten

Der Berg heißt Yaga. Man sieht ihn schon von ferne, wenn man auf der nördlichen Karawanenstraße dem Edsin-Gol entgegenreist. Mit einer Felspyramide, ähnlich dem Matterhorn, erhebt sich der Yaga unvermittelt aus der niederen Hügellandschaft.

Wir sahen ihn zum ersten Mal, als wir nach einem Nachtmarsch im Oktober in der Frühe des folgenden Tages vor das Zelt traten. Es war schon sehr kalt, und ich stand frierend am niedergebrannten Feuer, während unsere Mongolen die Kamele beluden. Die Sonne war noch nicht aufgegangen. Ein gleichmachendes Graublau lag über der Landschaft.

»Das also ist der Berg?«, fragte ich den Obmann der Mongolen.

Der Alte nickte. »Ja, das ist der Yaga.«

»Ei, Märin, ich sehe nichts Besonderes, ein Dreiecksberg und gar nicht sehr hoch.«

»Warte, bis die Sonne geboren wird«, erwiderte Märin leicht gekränkt.

Wir marschierten ab. Wie gewöhnlich ritt ich am Schluss unserer kleinen Karawane, und Märin gesellte sich mir zu. Er hatte mir schon seit Tagen von dem Berg Yaga erzählt, dass er rot sei und dass er gefährlich sei, viel gefährlicher als die meisten Berge der Mongolei, denn die Geister, die ihn bewohnten, seien überwiegend bösartiger Natur.

Beim Anblick eines solchen Berges sei es geboten, sich jeder abfälligen Äußerung, vor allem aber der Namensnennung zu enthalten. Ich versprach, es zu tun. Und jetzt nannte Märin selbst den Berg beim Namen. Hatte ich ihn vielleicht falsch verstanden? Irgendetwas stimmte da nicht.
»Wir werden wahrscheinlich einen Schneesturm bekommen«, sagte ich.
Märin schaute nach dem wolkenlosen Himmel. »Seit wann fängst du an zu lügen?«
»Ich spreche die Wahrheit«, verteidigte ich mich, »du hast den Namen des Berges heute früh genannt, und so wird wohl ein Unglück geschehen müssen. Ein Schneesturm wäre noch nicht das Schlimmste.«
Der Alte grinste. »Macht nichts«, sagte er frevelhaft, »der Yaga ist ein schöner Berg. Sieh an.«
Die ersten Sonnenstrahlen schossen über uns, die wir im Tale marschierten, hinweg und tauchten die Spitze des Yaga in flammendes Rot. Der blaue Nachtschatten fiel von ihm wie ein überflüssiges Kleid. Prachtvoll thronte er über den schwarzgrünen Bodenwellen. Wir wateten durch Sand, Kies und Geröll. So weit man sehen konnte, war nichts anderes. Er allein erhob sich über alle Niedrigkeit unsagbar wild und rot.
Am Abend lagerten wir an seinem Fuße, wo es einen mit Tamariskenholz ausgekleideten Brunnenschacht gab. Entgegen aller Voraussetzung lieferte er salziges Brackwasser.
»Der Yaga meint es nicht gut mit den Menschen«, sagte Märin und fing an, Geschichten zu erzählen, wie die Berge den unvorsichtigen Leuten Verderben schickten. Im Sommer Sandsturm, im Winter

Schneetreiben, Kamelsterben, Räuber, es gab nichts Fürchterliches, was sich nicht ereignet hätte.
»Du glaubst es nicht«, schloss er seinen Bericht, »aber ich kenne genug Mongolen, die sofort umkehren, wenn einer nur im Schlaf den Namen eines Berges ausspricht, vor dem man sich in Acht nehmen muss. Ich bin ja nicht so ängstlich, aber dieser hier«, Märin zeigte mit dem Finger nach oben, »ich möchte nichts mit ihm zu tun haben.«
Ich legte mich mit der Überzeugung schlafen, dass Märin sozusagen wissentlich Gotteslästerung betrieb. Die Strafe konnte nicht ausbleiben.
Merkwürdigerweise aber blieb sie aus. Wir lagerten zwei Tage später am blauen Kopf: Guchtologoi. Vom Yaga war nichts mehr zu sehen und also auch nichts mehr zu fürchten. Ich fragte Märin, warum er so freventliche Reden geführt habe.
»Da sieht man, dass du noch lange nicht richtig Mongolisch kannst. Weißt du, was Yaga heißt?«
Ich verneinte.
»Aha«, sprach Märin, »ich dachte mir das. Yaga heißt so viel wie ›bergiges Gelände‹. Wenn man nun von einem Berge, dessen Namen man nicht aussprechen darf, als Yaga spricht, was kann das schaden? Die Berggeister sind gar nicht so schlau, sie merken es nicht.«
»Wie klug du bist«, sagte ich bewundernd. »Und wie heißt denn nun eigentlich der Yaga?«
Märin neigte sich mir zu. »Der Rote«, flüsterte er.
In seinen Worten mischte sich das kindliche Vergnügen, die Geister geprellt zu haben, mit der Furcht nachträglicher Entdeckung. Märin war ein Char-Chung, ein schwarzer Mann, und als solcher

fühlte er sich nicht verpflichtet, die Dinge, die Himmel und Erde trennen, reinlich zu scheiden. Das überließ er gerne den Lamas, dem zweiten Teil der mongolischen männlichen Bevölkerung, die es zum Unterschied von den Char-Chung gibt. Seine Philosophie war eindeutig: Sei freundlich zu deinem Kamel, dann wird es dich nicht anspucken, und du kannst ihm noch zudem die Wolle aus dem Bart rupfen. Menschen, Kamele und Götter aber sind alle gleich.

Mit dieser Meinung stand er nicht allein da. Von vielen Schwarzmännern hörte ich ähnliche verwegene Weisheiten, besonders wenn das nächste Kloster weit und ein Schluck Branntwein in der Nähe war. Kamen wir jedoch im Verlauf unserer Reise zu einem Kloster, aus dessen Tempelhallen das Dröhnen der Pauken und der drohende Bass der Hörner bis in unsere Zelte getragen wurde, dann war oft eine kleinlaute Stimmung, und anstelle der familiären Berg-, Feuer- und Wassergeister traten die unheimlichen Götter des Lamaismus.

Märin, der mir während der langen Märsche oft versprochen hatte, mich ins mächtige Kloster Belin-Sum zu begleiten und mir alles zu zeigen, saß am Feuer und rührte sich nicht vom Fleck. »Gehe nicht«, sagte er kategorisch. Dafür stand sein Sohn Dascha auf, der ein Lama war, und löste das Versprechen des Vaters ein. Dascha war der Mittelsmann, er kannte einige Gebete, er wusste durch seinen Aufenthalt im Kloster die Wohnungen der guten und die der schrecklichen Gottheiten zu unterscheiden.

»Hier darf ich nicht hineingehen«, sagte er, als aus

einem geschlossenen Tempel eine wilde Musik ertönte. »Hier dürfen nur die Ältesten und Weisesten die vorgeschriebenen Gebete verrichten. Unerfahrene junge Lamas würden es mit dem Leben bezahlen. Ein kleiner Fehler im Gebet, und sie fallen um und sind tot.«

Als wir wieder im Lager einmarschierten, war hoher Besuch anwesend. Ein mit Märin gut bekannter Lama war aus dem Kloster zu Besuch gekommen. Er saß am Feuer und glühte das Schulterblatt eines Schafes aus, um uns weiszusagen, wann unser Bote aus Guchghoto, den wir nach Post vorausgesandt hatten, zurückkehren werde. Wir warteten sehnlichst auf ihn. Die Mannschaft saß ehrerbietig daneben und trank Tee. Als das Schulterblatt schwarz geworden war und leise knisterte, hob es der Lama aus der glühenden Asche und betrachtete lange das Geäst der Sprünge, die durch die Hitze entstanden waren. Schließlich kündigte er uns die Ankunft des Boten auf den nächsten Vormittag an.

Kaum war der würdige Priester gegangen, als eine Diskussion über den Wert und Unwert dieser Art Prophezeiung anhob. Märin fühlte sich zurückgesetzt, er sagte: »Aus dem Schulterblatt die Zukunft lesen ist eine große Kunst, ich kann sie nicht.« Das war ein leiser Wink. Ich nahm ihn auf und rief: »Der Lama hat sein Gewehr abgeschossen, nun ziele auch du. Du bist ein guter Schütze. Wirf das Neungeld, dann werden wir sehen, wohin deine Kugel fliegt.«

Er ließ sich nicht zweimal auffordern. Im Neungeldwerfen war Märin ein vollkommener Meister. Er schüttelte neun alte Kupfermünzen aus der Mingzeit in den hohlen Händen, nahm die Hauptmünze, die er im Munde hielt, heraus, tat drei Atemzüge Luft über sie und murmelte eine kurze Beschwörung. Dann strich er mit der rechten Hand die Münzen auf der linken vom Handballen abwärts im Halbkreis aus. Da lagen sie nun und gaben durch »Kopf und Adler« dem Eingeweihten Antwort auf die gestellte Frage. Schon die Bedeutung der einzelnen Münzen lässt dem Orakelsteller Spielraum für seine Phantasie. Die Reihenfolge ist die: Kloster – Berg – Boot – Löwe – Wolf – Sonne – Rabe – Mond – Weihgefäß. Die Hauptmünze ist bestimmend; fällt sie auf »Kopf«, so sind sämtliche auch auf Kopf gefallenen Münzen wichtiger als die andern, denn sie sind das positive Element. Zeigt die Mehrzahl der Münzen ein negatives Vorzeichen, in unserem Falle »Adler«, so ist fast mit Sicherheit ein schlechter Schicksalsspruch zu erwarten.

Märins Züge klärten sich auf, als er die Reihe der Kupferstückchen prüfend überflog.

»Der Bote wird noch heute vor Mitternacht im Lager sein«, sprach er mit großer Bestimmtheit. Ich rief ein lautes »Bravo«, was Märin freundlich mit einem »Gute Nacht« quittierte. Es war das einzige deutsche Wort, das er behielt und gern gebrauchte. Wir legten uns schlafen.

Ich erwachte, als mir ein Packen Briefe in den Schlafsack gesteckt wurde. Es war 11 Uhr abends. Märin hatte über den gelehrten Lama einen vollständigen Sieg errungen. Sein Gesicht war bedeutend erhöht worden.

Die Mongolei ist ein Tummelplatz für allerlei Dämonen, für die natürlichen, sozusagen mit Fleisch und Bein begabten, wie für die erdichteten, für solche, die auf dem Boden der Steppe selbst gewachsen sind, und für die unendliche Zahl derer, die über die Grenzen des Graslandes von allen vier Himmelsrichtungen eindrangen. Der sieghaft gebliebene Lamaismus hat sich mit Erfolg bemüht, die Geister zu einen. Ihm war kein armes Teufelchen des unterlegenen primitiven Schamanentums zu gering, als dass es nicht Aufnahme im heiligen Klosterbezirk gefunden und als Trabant irgendeines Gottes eine Auferstehung hätte feiern dürfen. Daneben blieben die kleinen Glauben und Aberglauben des täglichen Bedarfs unangetastet.

»Siehst du den Mond. Heute ist er rund.«

»Ja, er ist schön. Er wird uns leuchten, und wir werden einen guten Weg haben. Bei uns daheim sagt man, es sei ein Mann im Mond.«

»Ein Mann? Dandjat, schau genau hin. Was siehst du? Sei ehrlich! Einen Hasen siehst du. Er sitzt auf den Hinterläufen, der gute liebe Hase.«

Wir ritten über einen niederen Bergpass und freuten uns, dass es eine klare Nacht war, dass der Mond uns schien und uns den manchmal verlorenen Weg wieder auffinden half. Märin sang ein Trinklied, denn sein Repertoire war auf solche beschränkt.

»Der Balustrade Schmuck ist Holz aus fernen Ländern.
Des Mondes Silber fließt darüber hin.
Zu beiden Seiten blühen Lotosblumen.
Wer will mich schelten, dass ich trunken bin.
Viel tausend Blätter regen sich im Winde,
Der Sonne Gold ist flüssiger Rubin.
Acht Opferschalen fülle bis zum Rande,
Neun Kostbarkeiten schlummern still darin.«

Plötzlich brach er ab und schaute besorgt nach dem Himmel. Über den östlichen Rand des Mondes breitete sich eine orangefarbene Trübung.

»Dandjat, hast du einen Kalender?«

Nein, ich hatte keinen. Der Mond bekam mittlerweile eine leichte Schlagseite.

»Die hungrigen Wölfe des Himmels wollen ihn fressen«, rief Märin, »wir müssen dem armen Hasen helfen.«

Er fing an zu schreien, um dadurch die Himmelswölfe zu schrecken. Auch die übrige Mannschaft unterstützte sein Vorhaben. Unsere Kamele wurden unruhig. Ich bat daher, den gut gemeinten Lärm einzustellen, weil wir zerbrechliche Instrumente in unserem Gepäck hatten. Es geschah. Märin meinte zwar, es wäre besser, ich sollte zum Entsetzen der Wölfe einen Schuss abfeuern. Der Hase würde uns wenig Dank wissen, wenn wir ihn in seiner Not allein ließen.

Nach einer bangen Viertelstunde war die Mondfinsternis vorüber. Wir löschten die Laterne wieder, mit der Märin unserer Karawane vorausgeschritten war, denn der Weg war wirklich sehr schlecht.

»Wenn nur kein Unglück geschieht! Wir wollen lieber Lager machen«, schlug er vor.

Ich wusste, dass der nächste Brunnen nicht mehr weit sein konnte, und bestand darauf, die fehlenden fünf Li noch zurückzulegen. Als wir anlangten, fanden wir das Brunnenloch vollständig versandet, nur die oberste Holzeinfassung ließ erkennen, dass hier ehedem ein Brunnen gewesen war, der ausreichend Wasser für eine fünfhundert Kamele starke Karawane geführt hatte.

Ich war ärgerlich und fluchte: »Tschigjetro, das ha-

ben wir dem Sandsturm vor drei Wochen zu verdanken, der uns am Edsin-Gol überraschte, er muss hier verheerend gewirkt haben.«
Märin zuckte mit den Schultern. Er wusste es besser.
Am andern Tag zog das erste Frühjahrsgewitter herauf, es wetterleuchtete und blitzte. Die Donnerschläge hallten. Meine Mongolen waren noch von der Nacht beeindruckt und erwarteten nichts Gutes. Als der Platzregen kam, richteten wir eilig unsere Zelte auf und deckten die Kamele mit Filzen zu. Glücklicherweise dauerte der Guss nicht lange. Schon am Abend war der Himmel wolkenlos. Er glühte beim Abschied der Sonne und versprach uns gute Tage.
Odburrung wurde zum Dungsammeln fortgeschickt. Dabei fand er eine bronzene Pfeilspitze, die einem Krieger Dschingis-Khans aus dem Köcher gefallen sein mochte. Er brachte sie mir halb lachend, halb vorwurfsvoll.
»Tingeren-sum«, sagte er, »ein Himmelsgeschoss, das der Blitz zur Erde schleudert. Wen es trifft, der verlangt nicht mehr nach Essen.«
Der Himmel musste über uns sehr erzürnt gewesen sein.

In der Eile sind Fehler

Man weiß, dass es verkehrt wäre, gegen den Strom der Zeit zu schwimmen. Er ist unaufhaltsam, und wer zurückbliebe, wäre nicht dabei, wenn eines Tages die bessere Zeit kommt, auf die wir schon immer warten. Oder es ginge ihm wie dem Feldwebel in Windhuk, der am 1. August 1914 seinen schwarzen Askaris auf höheren Befehl verschwieg, dass in Europa der Krieg ausgebrochen war. Als er ihnen am 2. August frühmorgens beim Antreten immer noch nichts sagte, fragten ihn die schwarzen Krieger höflich, ob er nicht statt Exerzier- und Platzpatronen lieber scharfe Munition ausgeben wolle, denn die Urwaldtrommeln hätten getrommelt, dass jetzt Krieg sei, und der Herr Feldwebel möge nicht im Leichtsinn verharren.

Die schnelle Nachrichtenübermittlung ist also ein wichtiger Teil des Zeitbegriffs, und die Ansicht, dass man Gutes sowieso nie erfahre und dass einem das Schlechte früh genug zu Ohren komme, ist überholt. Der moderne Mensch steht ohne Atempause im Kampf ums Dasein, oder er sitzt vor dem Lautsprecher, und beides macht ihn hart im Nehmen.

Leider kannte ich diese kernige Redensart im Jahr 1928 noch nicht. Als Entschuldigung kann ich anführen, dass ich damals in der Mongolei war, wo die Leute von Jugend auf in alle nur denkbaren

Kämpfe verwickelt sind, und das stumpft ab. Wenn die Mongolen nicht gerade mit Schnee- oder Sandstürmen zu tun haben oder im Frühjahr mit Wölfen und Nahrungssorgen, sitzen sie im Zelt und pflegen der Ruhe. Sie machen dann Musik und singen, und die Alten warten darauf, dass von irgendwoher einer kommt und ihnen eine Neuigkeit erzählt. Es eilt aber nicht so sehr wie bei den schwarzen Kriegern in Windhuk, und es geht auch nicht so schnell. Immerhin geht es schnell genug.

Ich wiederhole, dass es im Jahr 1928 war, aber ein genaues Datum kann ich leider nicht angeben. In der Mongolei ist man in diesen Dingen lässig. Uhr und Kalender, ich wage es kaum hinzuschreiben, betrachtet man dort als überflüssig. Ich erinnere mich aber, dass es kalt war und dass es am Abend nach Schnee aussah. Es war auch windstill. Vom Westen her schob sich eine graue Wolkenbank über die Wüste Gobi empor, und am Rand war sie schön und rot. Es muss also wohl im Dezember gewesen sein. Ich war den ganzen Tag unterwegs, um nach unseren Kamelen zu sehen, die am Fluss Edsin-Gol weideten und immer magerer wurden, denn von einer Weide kann im Dezember am Edsin-Gol keine Rede sein. Die armen Tiere fraßen Buschwerk und hartes Wintergras, und sie rissen die Rinde von den Schwarzpappeln, als ob sie zornig wären. Aber sie waren bloß hungrig. Zornig war mein Reitkamel. Es wusste so gut wie ich, dass wir bis zu unserm Lager noch zwanzig Kilometer vor uns hatten, und deshalb schrie es in Abständen von einer halben Stunde ganz laut und ganz zornig.

»Hör zu«, sagte ich, »du vergeudest deine Kräfte. Schreien ist verboten.«

Aber es schrie, und als Antwort kam ein heiseres Hundegebell. Das Kamel legte die Ohren zurück und fing an zu traben, und dann stürzten zwei Hunde aus den Büschen, wild wie Wölfe. Mein Kamel trat nach ihnen, es bockte mit der Absicht, mich den Hunden zum Fraß vorzuwerfen, damit es selbst auf leichte Art davonkäme, und ich hatte genug zu tun, bis eine starke männliche Stimme die Hunde zurückrief. Da stieg ich ab. Es wäre unhöflich gewesen, vorbeizureiten, und im Dämmerlicht sah ich auch schon das Zelt und den Mann, der mir entgegenkam. Wir begrüßten uns, und dann tauschten wir die Schnupftabaksflaschen als Freunde. Nachher stritten wir, wer als Erster ins Zelt eintrete, und als ich nachgegeben hatte, stritten wir um die Plätze. Wir stritten lange und heftig und unter stetem Hinweis auf die eigene Nichtswürdigkeit und auf die Erhabenheit des Gegners, bis wir uns schließlich einigten und uns dahin setzten, wo wir der Rangordnung nach hingehörten. Dann fragten wir einander viele Höflichkeitsfragen nach dem eigenen Befinden und nach dem unserer Tiere, und über allem vergingen zehn Minuten oder mehr. Wir waren aber ganz allein, und keiner von uns beiden lachte, denn eine Begrüßung ist eine ernste Sache. Zugleich ist sie auch ein Vergnügen, weil es immer schön ist, wenn sich zwei Männer von guter Lebensart begegnen und in ausgesuchten Redewendungen dartun, dass ihnen nichts angelegener ist, als des andern Lob bis in den Himmel zu heben. Warum sollten wir uns dieses Vergnügen nicht gönnen? In der Mongolei ist die Zeit ein Geschenk der Götter und nur dazu da, um nach Herzenslust verschwendet zu werden.

Der Mann entfachte das heruntergebrannte Feuer zu neuer Glut, und jetzt sah ich, dass er alt und allein war. Es gab im ganzen Zelt nur ein zusammengerolltes Bündel mit Schlafdecken und Fellen; es lag hinter ihm.
Ich bekam ein großes Stück Fleisch zu essen, und während der alte Mann es mir vorlegte, setzte er die Fellmütze auf und griff nach der kleinen Messingkanne, in der für solche Gelegenheiten der gute wasserhelle Milchschnaps aufbewahrt wird. Als ich satt war, setzte auch ich die Mütze auf, denn man muss dem wärmenden Getränk mit Ehrfurcht begegnen.
»Es ist kalt«, sagte der alte Mann lächelnd, richtete den gütigen Blick voll auf mich, und dann tranken wir den ersten Becher.
»Es ist sehr kalt«, sagte er, und flocht das russische Wort »otschin« ein, um herauszubekommen, ob ich vielleicht ein Russe sei. Aber ich lächelte nur, und so tranken wir den zweiten Becher.
»Es ist bitterkalt«, sagte er und wir tranken mit großem Ernst den dritten Becher.
Nun konnte die Unterhaltung beginnen. Damit mein neuer Freund nicht länger im Unklaren bleibe, sagte ich ihm, dass ich aus Deutschland käme und jetzt das unverdiente Glück habe, in der Mongolei leben zu dürfen.
»Hast du gute Nachrichten von zu Hause?«, fragte der alte Mann, »wie geht es bei euch?«
»Es geht besser«, sagte ich, »die Nachrichten lauten gut.«
»Ging es denn schlecht?«, fragte der besorgt.
»Du weißt«, sagte ich, »dass wir vor zehn Jahren einen großen Krieg hatten, und wir haben ihn verloren.«

»Ich wusste es nicht, aber jetzt weiß ich es.«
»Es gibt Nachrichtenblätter«, gab ich zu bedenken, »die man Zeitungen nennt. Hättest du eine solche Nachrichtenzeitung gelesen, würdest du schon vor zehn Jahren von diesem Krieg erfahren haben.«
»Wozu?«, fragte der alte Mann erstaunt. »Wozu hätte ich das eher wissen sollen? Ich erfahre es ja jetzt.«
»Verzeih«, sagte ich, »du hast Recht.«
Dann tranken wir einen vierten Becher, und ich schämte mich über meinen Rückfall, der eilenden Zeit eine derartige Wichtigkeit beigemessen zu haben. Ich hatte doch gelernt, was man im Fernen Osten von der Zeit hält.
Meine Lehrzeit war eindrucksvoll gewesen. Sie hatte nur vier Wochen gedauert, aber diese vier Wochen hatten aus einem unverständigen Minutengläubigen einen nachdenklichen Lehrling der Zeit gemacht.
Ich könnte das Datum nachschlagen, aber man soll seine Zeit nicht mit unwichtigen Dingen vergeuden. Ich weiß auch so, dass es ein strahlender Wintermorgen im Januar 1927 war, als ich im Express von Peking nach Tientsin fuhr. Als Mitglied der Expedition Sven Hedins hatte ich den Auftrag bekommen, die eben in Tientsin eingetroffenen Kisten mit Instrumenten und ähnlichen Dingen aus dem Zollverschluss zu holen, und da wir keinen Handel damit treiben wollten, wollten wir auch keinen Zoll bezahlen. Also musste ich zum Seezollamt gehen und dort, was freilich schwierig war, ohne lange Umwege zum Herrn Direktor vordringen und ihn in ein freundschaftliches Gespräch verwickeln, an dessen Ende er lächelnd zur Feder greifen sollte, um mit

den Worten: »Es ist mir ein Vergnügen, Ihnen behilflich zu sein«, die erwünschte Unterschrift auf den bereitgehaltenen Freischein zu setzen.
Unterwegs im Zug legte ich mir höfliche Redensarten zurecht, und als der Schaffner kam, wies ich ihm meine Hin- und Rückfahrkarte. Sie hatte acht Tage Gültigkeit. Die Frist schien mir übertrieben lang. Wenn ich auch mit Schwierigkeiten wie Warten im Vorzimmer oder gar mit Vertröstetwerden auf den nächsten Vormittag rechnete, ergab sich nach meinem Dafürhalten ein Aufenthalt von höchstens drei Tagen.
Mit dieser freundlichen Gewissheit traf ich in Tientsin ein, wo mich im »Hotel Kreier« der Besitzer, eben Herr Kreier, mit allen wissenswerten Auskünften versah.
»Der Direktor des Seezollamts«, sagte er, »ist ein Italiener. Er ist ein umgänglicher Mann, mit dessen Hilfe Sie rasch zum Ziel gelangen werden. Vorläufig werde ich Ihr Zimmer für zehn Tage reservieren.«
»Tun Sie das, wenn Sie sich schädigen wollen«, sagte ich, »meine Sache ist in drei Tagen erledigt.«
Herr Kreier lächelte mild, und dann ging ich zum Seezollamt. Es war ein pompöser Bau vom Beginn des Jahrhunderts, und das Erdgeschoss nahm eine quadratische Säulenhalle ein mit lauter Tischen, die ebenfalls ein Quadrat bildeten. Hinter jedem Tisch saß ein Beamter, der seinen Geschäftsbereich verwaltete, und jeder hatte Mühe in dem Lärm, der die Halle füllte, seine Antwort an den Mann zu bringen. An manchen Tischen standen die chinesischen Händler Schlange. Ich wartete und fragte überall, allein zum Schluss stellte sich heraus, dass für mein

Anliegen niemand zuständig war. Als ich das nach zwei Stunden herausgebracht hatte, schrie ich nach dem Direktor. Sogleich kam ein junger freundlicher Chinese und fragte mich nach der Ursache meines Kummers. Das tat er aber nur, damit ich still war. Ich merkte gleich, dass er an meiner Sache kein bisschen Anteil nahm, denn er winkte einem Diener, der auf sein Geheiß Tee, Salzmandeln und Zigaretten brachte. Irgendetwas, dachte ich mir, muss der junge Mann hier zu sagen haben, weil die Diener, und es waren nicht wenige, in ständigem Wechsel von Tisch zu Tisch liefen, um den erschöpften Beamten Tee zu bringen, während sie der weit größeren Menge der wartenden, mit den Händen fuchtelnden und oft ganz verzweifelten Kundschaft keine Erfrischung boten. Auf das Anraten des jungen Mannes zogen wir uns in eine Fensternische zurück, wo er mich mühelos überzeugte, dass das ganze Seezollamt ein Wirrwarr ohnegleichen sei.
Von da war es nur ein Schritt zum abendländischen Schrifttum. Wir sprachen so lange über europäische und amerikanische Romane, über André Gide und Hermann Hesse, bis ein Diener mit einer Glocke herumlief und schellte. Daraufhin legten die Beamten in großer Einmütigkeit die Arbeit nieder.
»Schrecklich«, sagte ich, »ich habe hier etwas Dringendes zu erledigen.«
»Wir sehen uns morgen wieder«, tröstete der freundliche junge Herr, »ich versichere Ihnen, Ihre Sache steht ausgezeichnet.«
Als ich ins Hotel kam, fragte mich Herr Kreier teilnehmend, was ich ausgerichtet habe.

»Meine Sache steht ausgezeichnet«, sagte ich, aber meinen Worten fehlte die Überzeugungskraft.
Am nächsten Morgen wartete ich vor dem Seezollamt, bis es aufgemacht wurde, und mit mir warteten viele Chinesen. Als sich das Tor öffnete, war es eine Freude, zu sehen, wie die Beamten hinter ihren Tischen saßen und die Federn eintunkten oder auf die Tuschsteine spuckten, wenn sie etwas Chinesisches mit dem Pinsel zu schreiben hatten. Die vollen Teeschalen dampften, die Diener liefen herum, und die Kundschaft lärmte. Überall war Geschäftigkeit, Frohsinn, Auf-den-Tisch-Schlagen, Zank und Gelächter. Meinen Bekannten von gestern suchte ich leider vergebens.
Nach einer Stunde kam er.
»Wie konnten Sie nur«, sagte er mit leichtem Vorwurf, »so früh aufstehen? Zu dieser Stunde wäre es weit vernünftiger, im Bett zu liegen, statt sich unnütz abzustrampeln. Ich sagte Ihnen doch, dass Ihre Sache ausgezeichnet steht.«
»Sie kennen meine Sache gar nicht«, sagte ich verdrossen.
»Natürlich nicht«, erwiderte er, »aber Sie sehen doch, wie emsig hier gearbeitet wird.« Er lachte ein wenig. »Wie bei den Bienen«, sagte er, »da kann Ihre Sache, wenn sie ein bisschen draußen bleibt, nur an Gewicht zunehmen.«
»Sie wiegt 1845 Kilogramm«, sagte ich, und dann holte ich rücksichtslos die Verladepapiere aus der Tasche, die Aufstellung über den Inhalt der Kisten und die Bescheinigung, dass wir von Staats wegen eine wissenschaftliche Expedition seien.
»Behalten Sie die Papiere«, bat mich der junge Herr, »dafür bin ich nicht zuständig.«

»Wofür denn?«, rief ich, »sind Sie am Ende…?«
»Doch«, sagte der junge Mann begütigend, »ich bin ein Beamter des Seezollamts, allein ich bin nur dazu da, um Ausländer, die sich in unserm Betrieb nicht auskennen und ungehalten werden, zu besänftigen. Es ist ein verantwortungsvoller Posten.«
Er rief auch gleich einen Diener herbei, der Tee, Salzmandeln und Zigaretten brachte. Nachher führte er mich eine verborgene Treppe hinauf in den ersten Stock zur Auskunft. Dort erfuhr ich, dass meine Sache eine schwierige Sache sei und dass nur der Chef selbst sie erledigen könne. Ich erwiderte, das wäre mir gerade recht und ich hätte von Anbeginn nichts anderes erwartet. Wegen dieser Einsicht lobte mich der Beamte und teilte mir mit, dass damit alle Fragen geklärt seien. Ich sollte ruhig in vier Wochen wiederkommen. Bis dahin habe der Chef seinen Weihnachtsurlaub beendet, der stellvertretende Chef und die andern Beamten, denen die Bearbeitung meiner Sache obliege, hätten sich um eben diese Zeit von den anstrengenden Neujahrsfeiern erholt, sodass ohne Verweilen meine Frage gelöst werden könne.
Daraufhin mietete ich mein Zimmer im Hotel auf unbestimmte Zeit und blieb jeden Morgen eine oder zwei Stunden länger im Bett. Ich las Bücher, ich machte Spaziergänge, und als es schneite, fing ich mit Ausritten in die Umgebung an. Manchmal verabredete ich mich außerdienstlich mit dem freundlichen jungen Mann vom Seezollamt und lernte von ihm in vier Wochen mehr von China als sonst einer in vier Monaten. Obendrein hörte ich mit Befriedigung, dass meine Sache ausgezeichnet stehe, ja sogar einige Schritte vorangemacht habe,

und dass die vereinbarte Frist kaum wesentlich überschritten werden müsse. Das sagte er aber bloß, um mich am Stichtag in ein rechtes Erstaunen zu versetzen.

Als ich an dem vereinbarten Tag im Februar die verborgene Treppe zur Auskunft hinaufstieg, erhob sich der Beamte feierlich und drückte auf einen Knopf. Dadurch wurde das lautlose Räderwerk in Gang gebracht, das mich mit wechselnden Dienern durch Büros und Vorzimmer schleppte und schließlich im Arbeitszimmer des Direktors absetzte. Er hatte bereits unterschrieben. Wir wechselten ein paar freundliche Worte, und der Abendzug brachte mich nach Peking. Ich trug den Freischein in der Tasche, und hatte das herrliche Bewusstsein, meine Zeit mit Muße, Spaziergängen und Gesprächen, also mit ganz wichtigen Dingen, Gewinn bringend verbracht zu haben.

Am nächsten Tag berichtete ich Sven Hedin wahrheitsgetreu und dankte ihm für die Geduld, die er mit mir gehabt habe.

»Geduld?«, fragte er verwundert. »Sie haben die Sache erstaunlich rasch erledigt.«

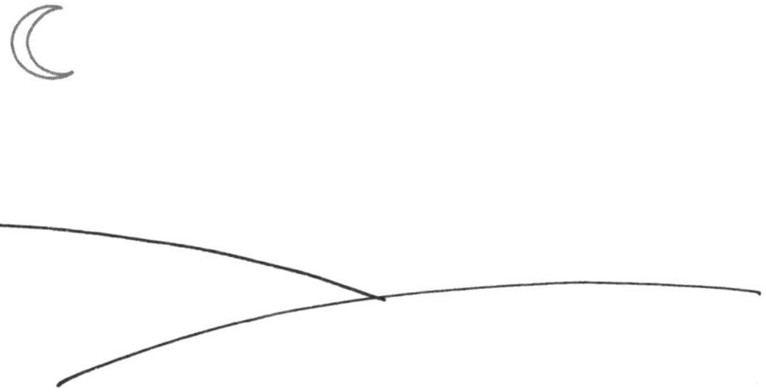

Echter und falscher Zauber

Märin war schön. So muss der alte Nestor ausgesehen haben, als er vor Troja lag und den zweihundertsten Geburtstag feierte. Vielleicht war Nestor etwas fröhlicher, und vielleicht hatte er ein Ross zum Reiten und nicht bloß ein Kamel, das schrie, bevor es sich niederlegte. Es schrie hell hinaus. Märin stieg ab, und ich ging ihm entgegen.

Hinter dem Pappelwald, an dessen Rand unsere Zelte standen, sank die Sonne. Sie hing wie ein roter Ball in den kahlen Ästen, der Himmel war lichtgrün, und die Dezemberkälte war barbarisch.

»Denkst du daran?«, fragte Märin.

Er stieß seinen Reitstock in einen Haufen dürrer Blätter, der sich unter einem Dorngestrüpp angesammelt hatte. Die Blätter flogen auf und fielen gleich wieder zu Boden. Es war vollkommen windstill.

»Ich denke daran«, sagte ich. Im Stillen wunderte ich mich über Märin. Ich wusste gleich, was er meinte, aber es überraschte mich doch: Wir waren im Oktober an den Edsin-Gol gekommen. Es war spät am Nachmittag gewesen, und der Herbst hatte alle Schwarzpappeln verwandelt. Den ganzen Flusslauf hinauf und hinunter leuchtete das gleiche helle Gold der Blätter. Die Karawane hielt. Nach der langen Wüstenreise betrachteten wir hingerissen das holde Wunder des Waldes und den

Ort, wo wir ein halbes Jahr lang bleiben wollten. Wir freuten uns auf die späten, schönen Tage, wir schlugen die Zelte auf, und wir legten uns mit einem Hochgefühl ohnegleichen zum Schlafen nieder. Ich erwachte mitten in der Nacht, und weil es am Edsin-Gol still ist, hörte ich den Blätterfall, und Märin hörte ihn auch. Am Morgen waren die Bäume kahl, und der Boden war mit Laub bedeckt, das nicht mehr golden glänzte. Es war braun und an den Rändern gekräuselt. Das hatte der Frost einer Nacht vermocht.

»So geht es zu in der Welt«, sagte Märin verdrießlich, und ich wunderte mich immer mehr. In der Mongolei begrüßt man sich, bevor man von andern Dingen redet, und darauf wartete ich.

»Heute reitest du, morgen ist dein Kamel tot«, sagte Märin.

Ich nickte ernsthaft, aber ich schwieg.

»Fühlst du dich leicht und gut?«, fragte Märin endlich.

»Ich fühle mich leicht und gut«, sagte ich, »hast du einen guten Ritt gehabt?«

»Ich hatte einen vortrefflichen Ritt.«

»Sind die Kamele wohlauf?«

»Achtundsechzig Kamele sind sehr munter«, erwiderte Märin düster.

»Wir wollen ins Zelt gehen«, schlug ich vor, »im Zelt ist es warm, das Feuer brennt.«

»Bolna«, sagte Märin.

Ich ging voraus, und Märin stapfte hinter mir drein. Bei jedem Schritt schlug sein Mantel gegen die Stiefelschäfte. ›Es muss was los sein‹, dachte ich. Wir hatten zweiundsiebzig Kamele. Sie weideten zwanzig Kilometer von unserm Winterlager entfernt unter der Obhut Märins und anderer Mongolen am Hauptarm des Edsin-Gol, wo es besseres Gras gab als hier in Ollon-Torre. Ollon-Torre heißt »Viele Pappeln«, aber wir lagerten am Westrand des Wäldchens, das gleich hinter unsern Zelten aufhörte. Dann begannen Sanddünen, die hoch waren, und bei jedem Sturm änderten sie ihr Aussehen. Zu ihren Füßen lag eine flache, graue und große Kieswüste. In der Ferne gab es Hügel.

»Tritt ein«, bat ich Märin und hob die Filzdecke vom Eingang der Jurte.
»Ich trete nicht ein, ich bin zu gering.«
»Du hast ein strahlendes Gesicht, aber ich habe ein schlechtes Zelt. Bitte, tritt trotzdem ein.«
»Ich habe ein schwarzes Gesicht«, behauptete Märin.
»Seit wann lügst du?«, erkundigte ich mich, und ich versuchte einen scherzhaften Ton.
»Ich spreche die Wahrheit«, knurrte Märin.
Jetzt nahm ich ihn am Gürtel und schob ihn vor mir her, und als ich ihn endlich im Zelt hatte, stritten wir um die Plätze. Ich sagte, dass es unmöglich sei, was er wolle, aber Märin sagte, es sei möglich. Ich drohte, ich würde ihm keine Antwort geben, wenn er sich auf den niedrigsten Platz setze, aber Märin sagte, das sei ihm recht. Er setzte sich rechts, wo die niederen Plätze sind, und er stand nicht mehr auf.
»Du bist ein schlechter Mensch«, sagte ich beleidigt, und ich setzte mich auf die Satteldecke, wo ich hingehörte. Dann starrten wir ins Feuer, und wir schwiegen, weil wir Zeit dazu hatten und weil ich mir vornahm, nicht als Erster zu reden. Mit der

Zeit merkte ich, dass Märin sich das auch vorgenommen hatte.
Ich tat, als ob ich vor mich hin rechnete. »Achtundsechzig«, sagte ich leise, »und vier gibt zweiundsiebzig. Vier Kamele sind also krank.«
»Sie sind nicht krank«, sagte Märin.
»Sie sind gestorben?«
»Das weiß der Himmel; ich war nicht dabei.«
»Wir wollen einen Schnaps trinken«, schlug ich vor, »es ist sehr kalt, und man muss sich in Acht nehmen.«
»Du brauchst die Mütze nicht aufzusetzen, ich trinke nicht, ich bin ein schlechter Mensch.«
»Gibt es sonst etwas Neues?«, fragte ich.
»Vier Kamele sind abtrünnig geworden, und ich habe sie überall gesucht. Ich bin den Fluss hinauf- und hinuntergeritten bis dorthin, wo er aufhört. Ich habe in allen Zelten gefragt, aber niemand hat unsere vier Kamele gesehen.«
»Du wirst sie wiederfinden«, tröstete ich schnell.
»Nein«, sagte Märin, und er fing an, auf den Winter zu schelten, und er verfluchte die Wölfe, und zuletzt beschimpfte er sich selbst. Ich wartete, bis er damit fertig war.
Dann sagte ich: »Ich habe noch keine Wölfe heulen hören.«
Märin sah mich kopfschüttelnd an. »Du musst bis zum Frühjahr warten«, erklärte er, »dann heulen sie. Jetzt gehen sie still auf Raub aus wie die Hui-Hui.«
»Wie wer?«
»Wie die Hui-Hui. Sie sind geschlagen worden. Weißt du das nicht?«
»Ich habe nichts davon gehört.«

»Du wirst bald von ihnen hören«, verkündete Märin, und dann erzählte er mir, dass der Dunganenaufstand in Turkestan zusammengebrochen war und dass die Reste der stolzen Armee des Generals Ma, den man »das weiße Pferd« nannte, bei Hami in die Wüste fliehen mussten. Auf dem Rückmarsch nach Kansu waren Teile der marodierenden Truppen an den Edsin-Gol gekommen. Sie lagerten am Murin-Gol, und bis dahin waren es nicht viel mehr als dreißig Kilometer. Der Murin-Gol war der westlichste Nebenarm des Flusses; wir lagerten am östlichsten, und zwischen beiden gab es Steppe, Sand und Pappelwälder und einige Zelte der Torgot- Mongolen.

»Die Hui-Hui haben Pferde gestohlen«, sagte Märin, »und Ziegen und Schafe. Sie sind keine Soldaten mehr, sie sind wie gewöhnliche Räuber.«

»Haben sie unsere vier Kamele geholt?«, fragte ich.

Märin schüttelte den Kopf. »Die Kamele sind vor einem Monat davongelaufen, da waren die Hui-Hui noch in der Wüste.«

Ich erwiderte nichts. Ich war nahe daran, ihm Vorwürfe zu machen, dass er mir das jetzt erst meldete, aber ich sah sein bekümmertes Gesicht mit der braunen alten Lederhaut. Sie hatte tiefe Falten, und der Schein des Feuers lief darüber hin und vertiefte sie noch mehr.

Draußen schrie ein Kamel und dann noch eines.

»Es ist jemand gekommen«, sagte ich.

»Wer kommt, geht wieder«, knurrte Märin.

Er zog seine Pfeife aus dem Stiefelschaft, und er blickte nicht einmal auf, als die Filzdecke über dem Eingang hochgehoben wurde. Der dicke Dämbit schaute herein. Er war immer vergnügt, und als er

den verdrossenen Märin sah, hätte er am liebsten gelacht. Ich merkte ihm das an, und deshalb hob ich warnend den Zeigefinger.
»Horch, Dandjat«, sagte Dämbit leise.
»Ich höre Schritte«, sagte ich, »es ist ein alter Mann, er geht langsam.«
»Es ist der Gegen«, sagte Dämbit.
Als Märin das hörte, wurde er lebendig. Wir sprangen gleichzeitig auf, und Märin stieß Dämbit beiseite. Es war aber schon zu spät. Unter dem Türrahmen stand, in gelbe Seide gekleidet, der ehrwürdige Oberlama des Torgot-Stammes. Er war achtzig Jahre alt. Er war halb blind, aber er schenkte uns das milde Lächeln, in dem die jenseitige Güte war, die die weltlichen Dinge nur noch mit Anstrengung bemerkt. Der Torgot-Lama war ein Gegen, ein »lebender Gott«. Er konnte keine Sünde begehen.
»Seid ihr fröhlich?«, grüßte er.
Ich geleitete ihn zum Ehrenplatz, und ich schwieg, weil man einem lebenden Gott auch in Kleinigkeiten die Wahrheit sagen muss.
»Wer in unserm Lande lebt, muss fröhlich sein«, sagte der Torgot-Lama. Er blickte mir ins Gesicht und dann Märin. Aber Märin griff nach der Feuerzange und angelte nach dürren Ästen.
»Seit Ihr bei uns weilt, sind wir fröhlich«, sagte ich. Dann setzte ich die Mütze auf. »Ich bitte Euch, trinkt einen Becher mit uns, denn es ist kalt, und man muss Acht geben.«
»Wir danken dir; es wird Uns gut tun.«
»Ich trinke nicht«, knurrte Märin.
»Seit wann sind die Tschachar-Leute unhöflich?«, fragte der Gegen sanft.

»Der Mann vom Stamme Tschachar ist nicht unhöflich«, erwiderte Märin, »er ist unglücklich. Das kommt vom Winter«, sagte er, »und weil es Wölfe gibt«, und dann erzählte er seinen Kummer, und er klagte sich der Unachtsamkeit an. Der Torgot-Lama hörte zu.
»Ich will nachschauen, wo deine Kamele sind«, sagte er. Er hob die Augen zur Zeltdecke, und dann schloss er sachte die Lider. Zuletzt sah man noch ein wenig Weißes und dann nichts mehr.
Der Torgot-Lama hatte dieselbe braune Haut wie Märin, aber jetzt wurde sie grau, und der Kopf sank auf die Brust. Die Finger hatten die Perlen der Gebetskette über den Daumen geschoben, doch nun ruhten sie. Sie zitterten nicht, sie waren leblos, und der alte Mann war wie tot. Von der Feuerstelle schwebten die Rauchwölkchen zur Decke, und in dem runden Abzugsloch verdunkelten sich die Sterne. Es war still. Man hörte die Geräusche des Feuers, das Zischen, mit dem die Feuchtigkeit aus dem Holz wich, und das Knacken, mit dem sich die Rinde von den Ästen löste, und jedes Mal erschrak ich. Ich hatte Angst, dass der Torgot-Lama nicht mehr in unser Zelt zurückfände.
Er war weit weg, aber er kam wieder. Zuerst lächelte sein Mund, und das Lächeln blieb, während er den Kopf hob. Dann schlug er die Augen auf.
»Wir wollen fröhlich sein«, sagte er zu Märin, »in acht Tagen wird ein fremder Reiter deine Kamele zur selben Stunde hier vor das Zelt bringen.«
»Diese Sache hat sich zu Dank gewandelt«, sagte Märin erleichtert.
»Großen Dank!«, rief ich. »Unser Trübsinn ist dahin.«

Ich nahm das Messingkännchen aus der wärmenden Asche, und Märin setzte die Fellmütze auf zum Zeichen, dass er nicht länger in eigensinniger Abstinenz verharren wollte. Wir tranken drei Becher, und wir unterhielten uns, aber über die Hui-Hui wurde nicht gesprochen.
Nach einer halben Stunde brach der Torgot-Lama auf. Er bestieg sein Kamel, und sein Begleiter, der die Zeit im Mongolenzelt verbracht hatte, stieg auch auf. Die Nachtkälte war fürchterlich, aber es gab Mondschein, und die Sterne glänzten, ohne zu flimmern.
Wir wünschten einen guten Ritt. Solange wir die Umrisse von Reitern und Kamelen sahen, riefen wir ihnen unsere Grüße nach.

»In acht Tagen bin ich wieder bei dir«, sagte Märin, »wir wollen unsere Kamele zusammen erwarten.«
»So sei es«, erwiderte ich ernsthaft. Insgeheim spürte ich den Teufel hochmütigen Unglaubens, der überall ist, aber ich ließ ihn nicht von der Kette.
»Es ist alles zum Besten gediehen«, sagte Märin.
Vielleicht spürte er meine inneren Vorbehalte und wollte sie zunichte machen. Er sagte: »Das ist nun einmal so. Der Torgot-Lama musste kommen.«
»Er kommt zurück«, rief ich.
Märin hob die hohle Faust zum Auge und blickte durch die Röhre der gekrümmten Finger. Die Mongolen machen das am Tage, damit sie besser in die Ferne sehen können, aber Märin machte das auch nachts, wenn der Mond schien.
Er sagte: »Es ist wer anderer«, und nach einer Weile sagte er: »Die rechte Hand des Fürsten kommt.«
»Jetzt in der Nacht?«

»Ja, jetzt in der Nacht. Es ist wegen der Hui-Hui.«
»Woher weißt du das?«
»Ich weiß es nicht. Ich denke mir das.«
Während wir dem Abgesandten des Fürsten entgegengingen, flüsterte Märin: »Überlege gut, was du ihm antworten wirst.«
Der Mann war, als er abstieg, sehr guter Laune. Er hatte den Gegen getroffen und erfahren, dass ich zu Hause war. Er sprang aus dem Sattel, und er begrüßte mich mit ausgesuchten Höflichkeiten, die ich nicht alle verstand. Dazu sprach er zu schnell. Es war gut, dass Märin dabei war und ihm erklärte, dass wir ein warmes Zelt hätten.
Er sagte: »Es redet sich leichter, wenn die Kiefer nicht vor Kälte knacken.«
Die rechte Hand des Fürsten sah das ein, aber dann hatten wir Mühe, ihn als Ersten ins Zelt zu bringen, und auf den Ehrenplatz wollte er unbedingt verzichten. Er wehrte sich gründlich. Zu zweit setzten wir ihn auf den kleinen blauen Teppich links neben mich, und Märin gab Acht, dass er nicht wieder aufsprang. Als wir saßen, wie es sich gehörte, holte der Abgesandte des Torgot-Fürsten die Höflichkeitsfragen nach, zu denen er vorhin nicht gekommen war: »Frierst du nicht? – Zitterst du nicht? – Hast du nicht kalt? – Ist dein Zelt dicht?«
Ich gab Antwort, und nachher fragte ich ihn: »Hast du eine gute Reise gehabt? – Sind deine Knochen nicht erfroren? – Bist du nicht müde? – Geht dein Atem nicht zu rasch? – Wie befindet sich dein Fürst?«
Als er mir versichert hatte, dass sich der Torgot-Prinz bei bester Gesundheit befand, war der Höflichkeit Genüge getan.

Jetzt musste die rechte Hand des Fürsten sprechen. Allein der alte Mann schwieg. Wir schwiegen alle drei, und als ich Zigaretten anbot, rauchten wir. Dann tranken wir einen Becher, und ich sagte: »Auf einem Bein kann der Mensch nicht stehen.« Das war alles, was ich schicklicherweise sagen konnte, und wir tranken den zweiten Becher, und dann schwiegen wir wieder. Ich rutschte ein wenig näher an Märin heran, damit er mich ungesehen knuffen konnte, wenn ich etwas sagen sollte, und Märin tat es sofort. Da setzte ich mich aufrecht, und ich dachte daran, dass ich dem Abgeordneten des Fürsten auf eine unverfängliche Art entgegenkommen musste.

Ich sagte: »Dieser Winterchen-Monat ist hart.«
»Er ist sehr hart«, stimmte Märin erfreut bei, »es gibt Wölfe.«
»Das wäre zu ertragen«, meinte die rechte Hand des Fürsten, »Wölfe gibt es in jedem Jahr, aber heuer gibt es obendrein die Hui-Hui.«
»Wir hörten, dass sie sich dem Edsin-Gol nähern«, sagte Märin vorsichtig.
»Sie sind schon da, und sie rauben und sie plündern. Sie sind böse Menschen.«
»Man kann ihre Natur nicht ändern«, gab Märin zu bedenken.
»Man kann aus lebenden Hui-Hui tote machen«, widersprach der Abgesandte, und er sah mich bedeutungsvoll an. »Es geht ganz leicht«, versicherte er, »und wir wollen es gerne besorgen, wenn du uns fünfzig Gewehre leihst.«
»Mein Dandjat hat nur eines«, sagte Märin.
Das war wahr. Ich nickte zur Bestätigung, und ich

wies hinter den Sitz des Abgesandten, wo mein Gewehr auf der Filzdecke lag. Aber der alte Herr schaute nicht hinter sich.

»Der Ruf des Dandjats hat das Ohr meines Fürsten erreicht«, sagte er, »wir haben erfahren, dass er einer ist, der viele Dinge tun kann, die andere nicht zuwege bringen.«

Das war nicht wahr, und besonders nicht, wenn es sich um die Abwehr von schwer bewaffneten Dunganen handelte, denen alles gleich war, nachdem sie ihren Krieg in Turkestan verloren hatten.

»Diese Sache muss man bedenken«, sagte ich, um Zeit zu gewinnen.

»Bedenke sie in Ruhe«, sagte der Abgesandte, und ich bemerkte mit Schrecken, wie er sich freute. Eine ganz große Hoffnung glättete seine Stirn. Wahrscheinlich sah er die Hui-Hui schon tot am Boden liegen oder auf Knien um Gnade flehen.

»Ich will gerne warten«, sagte er. Er zog die Pfeife aus dem Stiefelschaft, und Märin zog die seine auch heraus. Während die beiden rauchten, suchte ich nach einer Ausrede. Ich suchte lange, wo es nichts zu finden gab. Endlich ging mir durch den Sinn, dass manche Leute sich vor etwas fürchten, das gar nicht da zu sein braucht. Man muss es ihnen nur beibringen.

Ich räusperte mich wie nach einem schweren Entschluss.

»Da es nun einmal so ist, wie es nicht sein soll«, sagte ich, »offenbare ich dir ein Geheimnis, aber es muss unter uns bleiben, und jetzt will ich es dir zeigen.«

Dabei stand ich auf und ging zum Zelt hinaus, und

Märin stand mit mir auf, wie es die gute Lebensart fordert.
Zu dritt gingen wir zum Zelt unseres Meteorologen hinüber, und ich bedeutete meinen Begleitern, dass sie sich still verhalten müssten. Ich glaube, von uns dreien wunderte sich Märin am meisten. Er kannte alle Dinge, die wir bei uns hatten, und es war keines darunter, wegen dessen man schweigen oder leise reden musste. Vor dem Instrumentengarten machte ich Halt. Wir hatten ein Empfangsgerät, um die Zeitzeichen aus Nauen zur geographischen Ortsbestimmung abhören zu können, aber senden konnten wir nicht. Das Gerät bestand aus zwei Masten mit einer Antenne, die im Mondschein blitzte, und aus einem einfachen Kasten, in dem der Lautsprecher eingebaut war.
»Sieh hier«, sagte ich leise, »das ist ein Ding, mit dem man hören kann, was in der Welt vor sich geht.«
Die rechte Hand des Fürsten nickte. »Ich habe davon gehört.«
»Nicht so laut«, bat ich ihn, »was hier gesprochen wird, kann man in der ganzen Welt vernehmen.«
»Ochee!«, machte der Alte erschrocken, und er trat einen Schritt zurück.
Ich folgte ihm, und ich fuhr fort: »Wenn die Hui-Hui nicht bald abziehen, werde ich laut zu diesem Kasten sagen, dass wir Hilfe brauchen. Das hört man in Peking, und dann kommt ein Flugzeug voll mit Soldaten und Maschinengewehren, und die Hui-Hui werden sich wundern, was dann passiert.«
»Könntest du das nicht gleich sagen?«, flüsterte der Abgesandte.
Ich zog ihn am Ärmel aus der gefährlichen Umge-

bung des Kastens fort, und als wir weit genug weg waren, sagte ich ernst: »Man darf das nur im Notfall tun, denn ein zweites Mal kommt das Flugzeug nicht. Wenn die Soldaten aussteigen, müssen sie den Feind gleich vor sich sehen. Jetzt müssten sie ihn am Murin-Gol suchen, und der Murin-Gol ist weit. Wir müssen noch etwas warten.«
Der alte Mann sah das ein. Er dankte mir für die Hilfsbereitschaft, er versicherte mich der Zuneigung seines Fürsten und des ganzen Torgot-Stammes, und dann ritt er getröstet davon.
»Dandjat«, sagte Märin, »diese Sache habe ich bisher nicht gewusst.«
»Ich auch nicht«, sagte ich, »aber du tust gut, sie jedem zu erzählen, dem du begegnest, und vergiss nicht, zu sagen, dass es ein Geheimnis ist. Dann spricht es sich rasch herum, und die Hui-Hui erfahren es auch.«
Ein verständnisvolles Lächeln ging über Märins Gesicht. »Dandjat«, sagte er, »jetzt bist du der schlechte Mensch.«
»Ich weiß das«, gab ich zu.
»Trotzdem«, meinte Märin, »wird es gut sein, wenn wir vorsichtig sind. Wir wollen das Silbergeld vergraben.«
Er blickte zum Sternenhimmel empor, er sagte: »Es ist die richtige Zeit«, und dann holte er einen Spaten.
Nach einer Stunde hatten wir die Expeditionskasse unter einem Mehlbeerbäumchen vergraben und Sand darauf geschüttet, und nur wir beide kannten den Platz.
Die nächsten Tage vergingen ruhig. Ich hörte nichts von Märin, und in Ollon-Torre zeigte sich

kein Hui-Hui. Ein Händler, der vom Westen kam und weiterzog, hatte einen großen Umweg gemacht, damit er ihnen nicht begegnete. Er wusste nichts zu berichten. So arbeiteten wir, als ob es keine beutelüsternen Dunganen gäbe, und die Woche neigte sich dem Ende zu.
Am Vorabend des Tages, an dem Märin kommen wollte, um die vier verlorenen Kamele von dem fremden Reiter entgegenzunehmen, hörte ich ein fernes Donnergrollen. Es kam näher, und obgleich wir am Tage nur Sonnenschein gehabt hatten, dachte ich an eines der seltenen Wintergewitter. Ich nahm den Vorschlaghammer und ging vor das Zelt, um die Pflöcke nachzuschlagen. Mein erster Blick galt dem Himmel. Die Sterne glänzten. Der Mond war rund und schön, und er beschien das Zelt und die Dünen und die große Kieswüste, woher der Donner kam. Unsere Mongolen waren auch aus dem Zelt gelaufen. Jetzt rannten sie herbei, und sie schrien mir zu, dass vier Automobile kämen, und dies wäre das erste Mal am Edsin-Gol, und ob ich mich darüber freute.
Ich sagte: »Nein.«
Dem vergnügten Dämbit verschlug es die Stimme. Er öffnete bloß den Mund.
Ich fragte: »Worüber soll ich mich freuen?«
»Über alles«, erwiderte Dämbit, »in den Wagen sitzt sicher einer, den du kennst, vielleicht sitzt Gustav drin.«
»Mag sein«, antwortete ich.
Aber ich war traurig, weil ich wusste, dass mit diesen vier Lastwagen eine undenkbar lange Zeit des Friedens und der großen Stille zu Ende ging. Der Motorenlärm brach in die Wüste Gobi ein. Ich

war allein, und ich wünschte, Märin wäre bei mir gewesen. Märin war alt. Wahrscheinlich hätte er gesagt: »Es gibt keine Hilfe.« Das hätte mich getröstet. Die ersten drei Lastwagen fuhren an unserem Lager vorbei, gerade so, als ob es uns nicht gäbe. Der letzte hielt, und Gustav sprang heraus. Er überschüttete mich mit Neuigkeiten. Er war Vertreter von General Motors geworden, und der neue Gouverneur von Turkestan hatte bei ihm vier Lastwagen bestellt. Gustav war auf dem Weg nach Urumtschi, und er war der Erste, der das mit gewöhnlichen Wagen machte, und er war sehr stolz. Er fuhr auch gleich weiter. Vor dem Einsteigen sagte er mir noch geschwind, dass bald eine Kamelkarawane käme, so in zwei Tagen etwa, und sie brächte Benzin, denn gleich nachher würde ein Flugzeug bei uns in Ollon-Torre landen. Es würde einen Probeflug nach Turkestan machen, sagte Gustav, und jetzt wäre eine neue, herrliche Zeit. Mit den albernen Kamelkarawanen sei es dann bald vorbei.
»Automobile und Flugzeuge in der Gobi«, rief er begeistert, »was sagst du dazu?«
Er rief: »Ist das nicht grandios?«, und dann stieg er ein.
Der russische Fahrer neben Gustav hörte zu. Er war aber nicht so begeistert. Als ich ihm die Hand zum Abschied gab, sagte er französisch, damit Gustav ihn nicht verstand: »Alter Freund, mach dir nichts draus.«
Dann fuhren sie fort, und ich hörte sie noch eine Zeitlang in dem Pappelwald rumoren.
Am nächsten Nachmittag kam Märin. Wir hatten das so verabredet, damit wir genügend Zeit zum

Warten und zum Erzählen hatten. Ich berichtete, was ich von Gustav erfahren hatte, und Märin sagte: »Jetzt ist er der schlechte Mensch.«
Dann warteten wir. Ich kochte Kaffee, weil ich wusste, dass Märin gerne Kaffee trank, und weil ich selber einen haben wollte, und dann warteten wir wieder. Es wurde Abend. Die Sonne sank, und sie hing wie ein roter Ball in den kahlen Zweigen. Der Himmel wurde lichtgrün. Alles war so, wie es vor acht Tagen auch gewesen war.
»In einer halben Stunde«, sagte Märin.
»Ja«, sagte ich, »in einer halben Stunde.«
Wir schwiegen, und als die halbe Stunde herum war, bemerkte ich vorsichtig: »Nur der Himmel kennt sich aus.«
Märin schüttelte den Kopf. »In deiner Heimat«, sagte er, »gibt es keine Kamele, und niemand versteht ihre Sinnesart. Du hast sie kennen gelernt. Die Kamele wissen, wann es die richtige Zeit zur Heimkehr ist. Der Torgot-Lama aber weiß alles. Er versteht den Himmel, die Kamele und uns.«
Einige Minuten verstrichen. Wir gingen der Kälte wegen auf und ab, und der volle Mond stieg über die Hügel im Osten. Es war die Zeit, in der die Karawanen ziehen.
»Chinesen kommen«, sagte Märin, und er blieb stehen. Jetzt hörte auch ich das Geläut der Leitkamele, und dann dauerte es nicht lange, bis wir sie sahen. Der Karawanenweg führte nicht weit von meinem Zelt durch eine Senke, und wir sahen die einzelnen Stränge der Kamele, und wir zählten sie. Es war eine Handelskarawane. Hinter dem letzten Trupp ritt der Karawanenführer. Er hatte ein Pferd, und als er uns stehen sah, bog er ab und begrüßte uns.

»Seid ihr wohlbehalten?«, fragte er.
»Wir sind es«, sagte Märin. »Bist du der Mann, der vier Kamele gefunden hat?«
»Der bin ich«, erwiderte der Chinese verwundert. »Wer hat dir das gesagt?« – »Der Torgot-Gegen. Du musst wissen, dass er den Himmel, die Kamele und die Menschen versteht.«
»Das muss wohl so sein«, sagte der Fremde, und dann pfiff er dem letzten Kameltreiber. Der Trupp hielt, und ein junger Bursche brachte vier magere erschöpfte Kamele, die er drei Tagereisen entfernt am Brunnen Derissen-Ossu gefunden hatte. Auf den Kinnbacken trugen sie unser eingebranntes Zeichen. Ich lud die beiden Chinesen zum Tee in mein Zelt, und als wir die üblichen zwei Becher warmen Weins getrunken hatten, gab ich ihnen zwölf Silberbatzen. Es war der Rest meines Geldes, den ich nicht vergraben hatte. Sie nahmen die Silberstücke mit tausend Segenswünschen für Märin und mich. Beim Abschied warnte ich den Karawanenführer vor den Hui-Hui, aber er lachte bloß.
»Vor zwei Tagen«, sagte er, »bin ich einem Torgot-Mongolen begegnet. Er nahm mir das Versprechen des Großen Schweigens ab, und dann erzählte er mir von euch, und dass ihr jederzeit viele Soldaten mit dem ›Sprich in die Luft‹ holen könnt. Deswegen sind die meisten Hui-Hui schon abgezogen, und der Rest wird sich bald davonmachen, denn hinter uns marschiert bereits eine Karawane mit Benzin. Wenn ihr bis Mitternacht wach bleibt, könnt ihr sie empfangen. Sie wollen nach Ollon-Torre, weil ein Himmelswagen kommen wird.«
Der Karawanenführer zögerte einen Augenblick, aber dann fragte er: »Hast du ihn gerufen?«

Ich sagte: »Ich rief ihn nicht.«
Märin sagte: »Er kommt bloß so zum Spaß.«
Aber das glaubte uns der Karawanenführer nicht. Er blinzelte wie einer, der es besser weiß, und dann ritt er mit dem andern davon.
In der Nacht kamen achtzig Kamele. Jedes trug zwei Lattenverschläge, und in jedem Lattenverschlag waren drei große Kanister mit Benzin zum Tanken für das Flugzeug. Wir stapelten sie auf einen Haufen, und als der Würfel fertig war, sah er wie ein blechernes Riesendenkmal aus.
Von da an bereiteten wir uns auf den Empfang des Flugzeugs vor. Wir errichteten vier Holzstöße an den vier Ecken des improvisierten Flugplatzes auf der Kieswüste. Wir legten Landezeichen aus, und wir schlachteten ein Schaf. Jetzt wäre es gut gewesen, wir hätten nach Peking melden können, dass alles bereit war, aber das konnten wir nicht. Also warteten wir, und als das Schaf verzehrt war, kam das Flugzeug. Es war ein deutsches Flugzeug, und es war das erste, das die Wüste Gobi überquerte. Es brachte uns die erste Luftpost und den ersten Weihnachtsbaum, und überhaupt war alles erstmalig. Am meisten freuten wir uns über die Briefe.
Es muss seltsam sein, die Wüste Gobi von oben zu sehen und zu denken, dass bisher noch nie ein Mensch sah, was zwischen den Karawanenwegen liegt, außer denen, die darin zugrunde gingen, und außer wenigen großen Räubern, die verborgene Wasserplätze kannten. Sie verschwanden in der Wüste, wenn es Zeit dazu war, und sie tauchten wieder auf, wenn sie einen neuen Raubzug machten, und jedes Mal woanders, als man sie vermutete. Die Wüste Gobi ist groß. Von oben sähe sie aus

wie eine Landschaft auf dem Mond, sagten die Flieger. Ein wenig beneidete ich sie, aber gerade in diesem Augenblick kam Märin. Er war alt, aber er ging aufrecht und gleichmütig. Er führte das Kamel mit den Wasserfässern, denn auch das Flugzeug brauchte Wasser. Das Kamel schrie, als es sich niederlegen musste, und es stand auf, als wir die Fässer unter den Flügeln der Maschine abgeladen hatten. Es war wie immer, und das Alltägliche schien mir auf einmal begehrenswerter als das Neue. Ich blieb gerne, wo ich war, und sah dem Flugzeug ohne Verlangen nach, als es über den Platz fegte und sich vom Boden hob.

In der Neujahrswoche, als das Flugzeug längst wieder in Peking war, kam die rechte Hand des Fürsten zu Besuch. Er brachte einen großen himmelblauen Seidenstreif seines Fürsten und den Dank für die rasche Hilfe, und er versicherte mir, dass der ganze Torgot-Stamm mich als Retter in der Not verehre. Märin saß neben mir, und er verzog keine Miene. Er knuffte mich ein bisschen, aber das fiel nicht auf. Erst als wir den Abgesandten des Fürsten verabschiedet hatten und als sein prächtiges Pferd und sein leuchtendes Festgewand im Pappelwald verschwanden, sah er mich strafend an: »Du bist doch ein schlechter Mensch«, sagte er, und dann lachten wir beide.

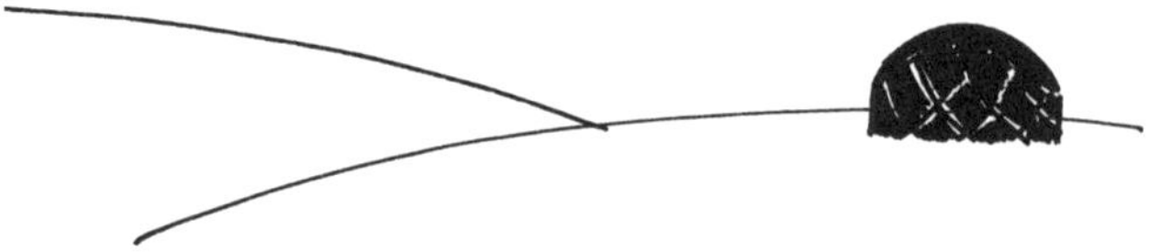

Räuber in der Wüste

Man muss nicht immer gleich Angst haben. Die Mongolen merken es, und nachher ist es schwer, sich wieder Achtung zu verschaffen. Ganz gelingt es ohnehin selten. Allzu lange hatte ich mein Unwissen vom einfachen Leben ahnungslos offenbart und auch noch für richtig gehalten. Ich begann zu überlegen. Viele kleine Erlebnisse, deren Bedeutung ich langsam erkannte, formten das neue Bild von Welt und Wirklichkeit. Es war weniger laut als das gewohnte und weniger ruhmredig. Man machte sich nichts vor. Es kam darauf an, mehr zu sein als zu scheinen, selbst auf die Gefahr, diesen Grundsatz einmal verkehrt herum anzuwenden.

Am 29. September gab es keinen andern Ausweg. Wir waren schon am Vormittag aufgebrochen, weil keiner von uns den Weg kannte. Die meisten Sandstrecken der Wüste Gobi kann man umgehen, aber diesmal half es nichts. Der Karawanenweg führte mitten in das Dünenmeer, und es hieß, dass er erst am Abend beim Brunnen Cheur Ampt wieder zum Vorschein käme. Bis dahin sollten wir getrost dem Lauf der Dünentäler folgen, die in südwestlicher Richtung verliefen. So war es uns von Leuten geraten worden, die die Strecke kannten. Sie hatten uns obendrein empfohlen, die Kamele tüchtig zu tränken und die Wasserfässer zu füllen. Es sei wegen der Vorsicht, hatten sie gesagt.

Als wir den Brunnen Durben Mot verließen, lag der Kamelpfad in der hellen Vormittagssonne. Es war zehn Uhr. Der Pfad lief geradezu keck auf den vielen Sand zu, aber dann war er plötzlich verschwunden. Nun, wir hatten es ja im Voraus gewusst, und andere, weit größere Karawanen hatten die Dünen auch durchquert. Vom Wetter war nichts zu befürchten. Der Himmel, soviel wir von ihm sehen konnten, war ganz blau und ganz klar. Ich ritt am Schluss des Zuges, und die siebzig Kamele vor mir gingen lautlos eins hinter dem andern. Zwischen ihnen ritten die Mongolen, die sie führten, und vorneweg ritten die zwei chinesischen Studenten, die bei mir waren. Sie hießen Hsü und Hu. Hsü war klein und sehr anhänglich. Er sprach Englisch, etwas Deutsch und konnte leicht zornig werden. Dann sprach er nur chinesisch. Hu war groß und still. Er fiel manchmal vom Kamel, weil er da oben einschlief. Gegen Mittag verstummte jedes Gespräch. Ab und zu schaute ich nach Hu, ob er noch gerade saß, und nachher blickte ich auf den Kompass. Man sah aber auch am Stand der Sonne und am Lauf der Dünen, dass wir da gingen, wo es richtig war. Wir überschritten die Ausläufer der halbmondförmigen Barchane und gelangten so von einem Dünental ins andere. Dadurch lief unser Kurs ein wenig im Zickzack. Ich kann nicht leugnen, dass mich mit der Zeit ein ängstliches Gefühl beschlich. So viel Sand hatte ich noch nicht auf einem Haufen gesehen. Die Dünen waren hoch, oben fast überhängend, und die Täler dazwischen glichen Engpässen. Am späten Nachmittag tauchten plötzlich zwei Männer auf. Es war kaum zu glauben. Wie auf Verabredung traf man sich im weglosen Sandmeer, bloß weil die gedachte Himmelsrichtung die gleiche war. Hsü und Hu hielten an, und dann hielt der ganze Zug. Wahrscheinlich, dachte ich, sprechen sie jetzt über den Weg und darüber, ob der Sand bald zu Ende geht. Sie redeten ziemlich lange, und ich sah, dass der kleine Hsü dabei die Hände zu Hilfe nahm. Er gestikulierte, während der ruhige Hu wie ein Haubenstock auf dem Kamel saß und die beiden Männer anstarrte. Ich war überzeugt, er sprach kein Wort. Jetzt erst fiel mir auf, dass die Männer einen ungewöhnlichen Anblick boten. Sie waren zu Fuß. Da ritt ich nach vorn, und zwei Mongolen, die ihre Kamele der Obhut von zwei anderen übergaben, kamen mit mir.

»Steuerbeamte«, berichtete Hsü, »haben ihnen ihre Esel weggenommen.«

Daraufhin hob einer der Männer die Hand und deutete dahin, woher er gerade gekommen war. »Schlecht«, sagte er jammervoll in der richtigen Annahme, dass ich nur ein paar Brocken Chinesisch verstünde. Dann griff Hsü wieder mit Englisch ein und erklärte den Sachverhalt: Am Brunnen Cheur Ampt lagerte ein Trupp von zehn Räubern.

»I ask you«, sagte Hsü streng.

Die Frage warf mich beinahe um. Plötzlich waren alle still, so still, als hätten sie die letzten drei Worte Englisch verstanden. Es musste wohl am Ton gelegen haben. Zum ersten Mal lastete die Verantwortung als Karawanenführer schwer auf mir. Sieben Männer waren mir anvertraut; die meisten waren älter als ich, und feig war keiner. Sie blickten mich stumm und beharrlich an. Die drei, die bei

den Kamelen geblieben waren, hoben sich in den Steigbügeln, um besser sehen zu können. Alle wussten, dass ich als Einziger ein Gewehr besaß. Es steckte im Karabinerschuh, und der Karabinerschuh hing an meinem Sattel. Die Feinde aber hatten zehn Gewehre und zehn Pistolen, denn sie waren entlaufene Soldaten. Dazu ritten sie auf Pferden.
»Jabonah!«, sagte ich laut.
»Jabonah!«, riefen die Mongolen.
Trotzdem rührte sich keiner vom Fleck. Dabei heißt »Jabonah« so viel wie »Weitermarschieren« oder »Auf geht's«. Es schien, als warteten sie auf etwas Besonderes.
Also zog ich das Gewehr aus dem Lederschuh, öffnete vor aller Augen das Schloss und schob einen Rahmen Patronen in die Kammer. Die Hülsenbrücke flog weit in den Sand, so heftig warf ich das Schloss wieder zu. Dann ritt ich voran. Hsü und Hu bat ich, die Nachhut zu übernehmen. Ich fühlte, dass ich Unwiderrufliches getan hatte. Im Stillen wunderte ich mich über meine Mongolen. Was mochten sie denken? Hatten sie mir nicht sofort zugestimmt, als ich Weiterreiten befahl? War das blinder Gehorsam? Nein, dachte ich, sie mögen mich zwar gut leiden, aber deswegen laufen sie noch nicht vor die Rohre einer organisierten Räuberbande. Je weiter ich ritt, das Gewehr hatte ich schussbereit vor mir auf den Sattel gelegt, um so unsinniger kam mir mein Unternehmen vor. Hin und wieder blickte ich auf Dascha, der die erste Gruppe von vierzehn Kamelen führte. Aber Dascha schien eher aufgekratzt als traurig, er grinste mich an. Wahrscheinlich versprach er sich ein Vergnü-

gen von der bevorstehenden Begegnung mit zehn bis an die Zähne bewaffneten Räubern.
Als der Sand zu Ende ging und es festen Boden gab, zeigte sich auch der Weg wieder. Er führte stracks in ein Tal, in dem ein blaues Zelt stand. Ich sah es sofort. Neben dem Zelt standen zehn Pferde, und in dem gewissen Abstand, den man ihnen zubilligt, waren zwei Esel angepflockt. Ich wechselte einen raschen Blick mit Dascha. Dann begannen wir, abzuladen und die Zelte aufzuschlagen. Alle, so gab mir der wache Instinkt ein, also auch die leeren Instrumentenzelte, mussten aufgestellt werden. Unser Lager sollte etwas gleichsehen. Es befand sich auf einer flachen Hügelgruppe. Wir genossen also einen strategischen Vorteil gegenüber der Bande im Tal, die allerdings den Brunnen besetzt hielt. Immerhin besaßen wir einen Wasservorrat; zwei Tage würden wir aushalten. Man sieht, ich dachte durchaus europäisch und fast wie ein Feldherr. Noch während ich die Zelte aufschlagen ließ und dafür sorgte, dass die Kisten und Ballen zu einer Art Barrikade verwendet wurden, kam Dascha zu mir. Er führte das Kamel mit den Wasserfässern; augenscheinlich wollte der Brave die kostbaren Fässer an den sichersten Ort im Lager bringen.
»Ich habe«, sagte er unbefangen, »das Wasser den Kamelen zu saufen gegeben.«
Ich setzte mich rasch auf eine Kiste. Ich wollte etwas sagen, aber es fiel mir nichts ein. Das war unser Untergang. Ich wusste nun, dass ich nur noch ein weißes Sacktuch brauchte und einen Stock, um es daran festzubinden.
»Es gibt keine Hilfe«, sagte ich verzweifelt.

Dascha sah mich verständnislos an. »Ich hole jetzt frisches Wasser«, setzte er mir auseinander, »es wäre gut, wenn du derweil die langen Bambusbündel schräg über eine Kiste legtest. Das sieht gut aus, besonders von weitem.« Damit ging er. Die übrigen Mongolen riefen ihm Scherzworte nach.
»Heiz ihnen gut ein«, riefen sie.
Ich verstand das nicht, aber ich bewunderte Dascha grenzenlos. Er ging, eine zweite Judith, mitten in das Lager der Feinde. Um seinen letzten Wunsch zu erfüllen, legte ich die dicken mit Zeltplanen umwickelten Bündel mit den Bambusstäben, die wir zum Bau der Wetterdrachen brauchten, schräg über zwei Kisten. Sie ragten weit über sie hinaus und wirkten wie eine Drohung.
Nach einer Stunde kam Dascha strahlend zurück. Die Wasserfässer schwappten über, so voll waren sie.
»Es war sehr lustig«, begann Dascha. »Als ich am Brunnen anlangte, kam gleich einer der Herren Steuerbeamten und fragte grob: ›Wer seid ihr?‹ ›Stammst du aus dem Land der Schwerhörigen?‹, erkundigte ich mich höflich bei ihm. ›Kommt einmal her‹, rief er ins Zelt, ›hier ist einer, der ein freches Maul hat und wünscht, dass wir ihm die Nase abschneiden.‹ Da kamen alle gelaufen, und als sie um mich herumstanden, begann ich: ›Ich muss mich wundern‹, sagte ich, ›dass ihr nicht wisst, was alle Menschen wissen. Ich reise mit zwanzig Männern von jenseits der Meere. Seht ihr die vielen Zelte?‹ ›Wir sehen sie‹, sagten die Steuerbeamten. ›So schöpft mir Wasser‹, sagte ich, ›damit ich euch die vielen Dinge erzählen kann, die die Fremden tun. Zum Beispiel‹, sagte ich, ›wird heute ein

großes Schießen sein. Ihr braucht aber deswegen nicht zu erschrecken, denn die Maschinengewehre, die sie haben, schießen so genau, dass ihr höchstens ein Ohrläppchen einbüßt oder zwei, wenn ihr eine ungeschickte Bewegung macht. Darum soll ich euch bitten, ganz still zu stehen, auch wenn die großen Kanonen donnern, von denen ihr die Rohre seht. Man muss sie erst auspacken, und das dauert noch eine kleine Weile. Ihr werdet‹, sagte ich, ›heute Wunder der Schießkunst erleben. Seid standhaft, denn bei einer unbedachten Bewegung seid ihr verloren.‹ Da bat mich der Anführer, mit ihm eine Tasse Tee zu trinken, und er schrie seine Leute an, damit sie sich beim Wasserschöpfen beeilten. So hatte ich keine Mühe«, schloss Dascha.

»Das ist eine gute Sache«, bemerkte Hu, der zum ersten Mal was sagte.

Dann schauten wir ins Tal. Dort waren zehn Männer in Bewegung. Eben verschwand das Zelt. Es wurde den Eseln aufgepackt, und die Pferde wurden in Eile losgebunden. Nach wenigen Minuten trabten die »Steuerbeamten« mit umgehängtem Gewehr durch das steinige Tal nach Süden. Eine Zeit lang hörten wir noch den Hufschlag, dann wurde es still – ganz still.

Hochzeit in der Mongolei

»Von den Frauen spricht man am besten nicht«, sagte der Mongole Pandiriktschi, nachdem er mir des Längeren die Vorzüge seiner Frau geschildert hatte.

»So!«, sagte ich, und ich schwieg eine Weile, bevor ich ihn auf den Widerspruch seiner Reden aufmerksam machte. Ich sagte auch bloß: »Pantje, du sprichst aber die ganze Zeit davon.«

»O Dandjat«, erwiderte Pantje, »es gibt Unterschiede.«

»Eben darum«, sagte ich, und dann schwiegen wir wieder, weil wir allein am Feuer saßen und weil der hohe bestirnte Nachthimmel über der schweigenden Wüste Gobi stand.

Nach einer Weile seufzte Pantje. »Du musst noch viel lernen«, sagte er bekümmert.

»Du bist mein Lehrer«, erinnerte ich ihn, »so lehre mich.« Und ich reichte ihm den Bambusknüppel, den man als Reitstock für die Kamele benützt.

Pantje lächelte geschmeichelt, aber er schob den Knüppel von sich. »Nicht mit dem Daschior«, sagte er, »mit Worten will ich dich lehren, wie man es mit aufmerksamen Schülern tut.«

»So lehre mich mit Worten«, bat ich.

»Du sollst mich aussprechen lassen«, mahnte Pandiriktschi. »Ich habe dir gesagt, dass man von den Frauen am besten nicht spricht.« Diesmal nickte

ich bloß und wartete. »Es sei denn«, fuhr Pantje fort, »sie sind schon tot.« Das war eine eindrucksvolle Rede. Wo in aller Welt sagt man jemandem auf solche Art, dass man seine Frau verloren hat. Nach Pantjes Dafürhalten hätte ich allerdings gleich zu Beginn merken müssen, dass er von einer Verstorbenen sprach, als er sie mir als die Liebliche, Zurückhaltende, mit sanften Augen und mit sanfter Rede Begabte schilderte. Und jetzt? Es war gut, dass man sich in der Gobi Zeit zum Antworten lässt. Schließlich musste ich aber doch etwas sagen. Sollte ich ihm nun mein Beileid kundtun? Aber wir ritten ja schon ein halbes Jahr miteinander. Sollte ich einfach darüber hinweggehen, wie man bei uns daheim eine leidige Sache abtut? Auch das ging nicht. Was würde er von mir denken. Wenigstens sollte er merken, dass ich nicht umsonst bei ihm in die Schule ging.
Also sagte ich: »Pantje, du tust anders, als du sprichst; du lehrst nicht mit Worten, sondern mit dem Knüppel.«
Als ich so gesprochen hatte, war ich sehr stolz. Das war die dunkle mongolische Art zu reden, die zum Nachdenken anregt. Es war eine Beileidskundgebung und zugleich die Aufforderung, meine Unwissenheit aufzuklären.
Pantje lobte mich deswegen nicht, aber seine lange Antwort war für mich mehr als Lob. Er sagte: »Merke dir, Dandjat: Solange die Frauen am Leben sind, spricht man nicht über sie. Für einen klugen Mann sind die Frauen wie nicht vorhanden. Wenn es aber einen drängt, was immerhin vorkommen mag, zum Beispiel«, sagte Pantje, »in der Neujahrszeit, wenn man viel Arrak trinken muss, dann sagt

man: ›Ach, dass ich an dieses Unmensch geraten musste, was hat sie für eine böse Zunge, dieses Ungeheuer der Vorzeit.‹ Solche Worte kann man allenfalls sprechen, aber ja keine guten.«
Fast hätte ich: Aber warum denn nicht? oder Wieso, um Himmels willen? gerufen, doch ich besann mich zur rechten Zeit.
»Ich verstehe sehr gut«, sagte ich.
Da merkte Pantje, dass ich keine Ahnung hatte, und er half mir weiter. »Man darf doch sein Glück nicht verschreien«, sagte er, »oder macht man das bei euch?«
»Man tut es bisweilen«, gab ich zu, »doch ich sehe ein, dass es dumm ist.«
»Sehr dumm«, bestätigte Pantje. »Wer sein Glück nicht für sich behalten kann, verdient, dass es ihm genommen wird.«
Von diesem Tag an sprachen wir oft über Frauen und Mädchen. Pantje, weil er nichts mehr zu verlieren hatte, und ich mit der gebotenen Einschränkung. Wenn ich ihm eine Photographie zeigte und er lobend: »Was für ein hübsches dickes Frauenzimmer« sagte, zuckte ich verächtlich mit den Schultern und bemerkte, dass sie gar nicht verdiene, betrachtet zu werden, allein schon wegen ihrer auffallenden Dürre. So unterhielten wir uns vortrefflich.
Wir sprachen auch über die Dämonen, von denen der Mensch zeit seines Erdenlebens leider umgeben ist. Pantje behauptete zwar, dass ihre Anwesenheit auch Vorteile brächte, da sie ruhmredige Äußerungen sofort bestraften.
»Daher«, wiederholte Pantje, »sprechen kluge Männer nicht oder nur abfällig von der Frau, der sie gewogen sind.«

So lernte ich, dass die Mongolin in ein Tabu einbezogen ist und dass die Reisenden, die seit je und in vielen Büchern mit Abscheu von der Nichtachtung der Frau berichteten, den wahren Grund entweder nicht kannten oder verschwiegen.

Mit der Zeit kamen wir an den Edsin-Gol und damit wieder unter Leute.
»Nimm dich in Acht«, mahnte Pantje, als wir am Nachmittag aufbrachen, »heute erreichen wir den Edsin-Gol. Dort ist es schön. Es gibt einen Fluss, es gibt Gras, und es gibt sogar Bäume. Leider gibt es dort auch Menschen. Sieh mich an, Dandjat. Ich bin ein Tschachar-Mongole. Am Edsin-Gol aber wohnen Torgot-Mongolen, und diese Kerle sind fast wie das liebe Vieh. Sie haben kein gutes Benehmen.«
»Ich werde aufpassen«, versprach ich gehorsam.
Nach einigen Tagen hatten wir schon eine Menge Bekannte. Der Abgesandte des Fürsten hatte unser Zelt beehrt und sich als weltmännisch gewandt erwiesen. Außerdem waren wir mit Naidang bekannt geworden, und Naidang hatte gleich eine ganze Familie: Großmutter, Frau, zwei Söhne und eine Tochter. Das war viel. Allein, sie alle gehörten zu dem von Pantje verachteten Torgot-Stamm. Zu meinem Erstaunen hatte ich an ihnen noch nichts Ehrenrühriges bemerkt. Pantje war ebenfalls erstaunt, als ich ihm das mitteilte. Er war sogar betrübt.
»Ach Dandjat«, seufzte er, »ist es dir nicht sofort aufgegangen, wie diese Menschen reden?«
»Ich habe es augenblicklich bemerkt«, behauptete ich.

Da wurde Pantje klar, dass ich keine Ahnung hatte. »Es ist ein Elend«, sagte er, »du hast bewiesen, dass du mongolisch zu reden versuchst. Diese Menschen aber sprechen geradeheraus ohne jede Umschreibung. Wo bleibt da das Nachdenken und die gute Lebensart? Übrigens«, fuhr er fort, »hast du die Tochter Naidangs gesehen?«

»Ich habe sie gesehen«, gab ich zu.

Pantje schien mehr erwartet zu haben. Er sagte: »Sie trägt die Ohrringe des ›Ersten Versprechens‹ und die Armbänder der ›Verlobung‹, aber sie ist schon zwanzig Jahre alt. Was sagst du dazu?«

»Man muss es ihr nachsehen«, erwiderte ich, weil ich nicht wusste, wo Pantje hinauswollte.

»Ein ordentliches Mädchen«, belehrte mich Pantje, »heiratet mit achtzehn oder neunzehn Jahren. Da stimmt etwas nicht.«

»Vielleicht ist ihr Verlobter weit weg oder unterwegs wie wir.«

»Bei den Torgot-Mongolen ist alles möglich«, sagte Pantje unnachgiebig, »sie sind ein paar hundert Jahre lang in Russland gewesen, da haben sie verlernt, was sich gehört.«

Auf diese Art belehrte mich Pantje, und er war stolz, wenn er Fortschritte bemerkte. Er rühmte mich auch bei den Torgot-Mongolen als einen Mann von gutem Benehmen, und das war verkehrt. Eines Tages, und obendrein war es der Neujahrstag, bereitete ich ihm schreckliche Schande.

Der Morgen war bitterkalt und so recht geschaffen, den angewärmten Milchschnaps zu trinken, den man für dieses Fest aufspart. Gleich nach dem Aufstehen begannen wir damit. Wir setzten unsere Fellmützen auf, mit denen man den Arrak begrüßt, und schon allein die Erwartung von Wärme und Fröhlichkeit stimmte uns heiter. Dann kamen die ersten Besucher. »Langsam!«, mahnte Pantje, denn am Nachmittag mussten wir alle Besuche erwidern, und es gilt als unfein, vor Dunkelheit vom Pferd zu fallen.

Zuerst kam die alte Großmutter der Familie Naidangs. Das war gut ausgedacht, und Pantje hatte nichts dagegen. Sie ritt ein prächtiges Kamel, und hinter ihr kam auf einem noch prächtigeren ihr Enkelkind, nämlich der älteste Sohn Naidangs. Er war aber erst sieben Jahre alt, denn auf der Familie Naidangs hatte nach der ersten Tochter lange kein Kindersegen geruht, bis dann kurz hintereinander zwei Knaben zur Welt kamen. Deshalb war Naidang ein viel beneideter Mann.

Die Großmutter hob den Eingangsteppich vom Zelt, und siehe da: Ganz wie es sich gehörte, spazierte der Knabe bescheiden, aber selbstbewusst als Erster ins Zelt. Dann nötigten wir die Großmutter einzutreten, was sie sich auch gefallen ließ. Immerhin entschuldigte sie sich. Ich weiß nicht, ob Pantje das in Ordnung fand, jedenfalls musste er sich gleich darauf so schrecklich für mich schämen, dass das alles nicht ins Gewicht fiel. Die Großmutter war nämlich prächtig in Seide gewandet, und ihr von tausend Fältchen durchfurchtes Gesicht lächelte so lieb, dass ich das gute Benehmen vergaß und ihr den Ehrenplatz anbot, ja sie geradezu nötigen wollte, dort Platz zu nehmen, wo ja nur einer, nämlich Naidangs Söhnchen, sitzen durfte. Es war zu spät, als Pantje mich verzweifelt am Rock zog. Nicht dass die gute Alte sich gesetzt hätte. Das tat sie nicht. Sie wich, erschrocken über mein Ansinnen, zurück und flüchtete auf den erbärmlichsten Platz, den es im Zelt gibt, gleich rechts neben der Tür. Jetzt rettete Pantje, was es zu retten gab.

»Mein Dandjat«, entschuldigte er, »hat schon zu viel getrunken.«

Damit griff er dem Knaben unter die Arme und hob ihn ganz einfach auf den Ehrenplatz, wohin er gehörte. Die Großmutter aber blieb trotz aller Verlockungen auf dem schlechten Platz, und ich fürchte, dass Pantje es für richtig hielt. Sie sprach auch nicht, und so war es ganz wie immer, wenn ernste Männer eine ernste Sache besprechen.

»Frierst du nicht?«, wurde Naidangs Thronfolger gefragt. »Zitterst du nicht? – Wie geht es deinem Vater? – Wie geht es dem Vieh?«

Der Knabe gab Auskunft und fragte artig nach unserem Befinden und wie es unseren Kamelen gehe. Dann tranken Pantje und ich zu Ehren des Gastes, von dem die Großmutter mit stummer Gebärde andeutete, dass er des Milchschnapses noch ungewohnt sei. Der Besuch war zu Ende. Als die Kamele samt ihren Reitern außer Sicht waren, schüttelte Pantje den Kopf. Nach einer Weile sagte er: »Es war furchtbar. Ich hätte mich nicht gewundert, wenn du auch nach dem Befinden von Frau und Tochter gefragt hättest.«

Trotz dieses Makels, der auf unserm Zelt haftete, kam noch eine Menge Besucher. Gegen Mittag traf Naidang selbst mit seinem Freund Bator ein. Beide taten, als sei nichts vorgefallen, und ich war ihnen dankbar dafür. Wir tranken den guten Milchschnaps, und Naidang blinzelte fröhlich. Unvermerkt kniff er mich ins Bein, wodurch er mich auf

Bator aufmerksam machen wollte, der offenbar ein Anliegen hatte.
»Der Mond ist noch nicht voll«, sagte ich, und ich füllte die Becher neu. Ohne es zu wollen, hatte ich damit das Stichwort für Bator gegeben.
»Wenn er voll ist«, sprach Bator feierlich, »bitte ich euch beim ›Fest des schmalen weißen Streifs‹ meine Gäste zu sein.«
»Wer wird der glückliche Verlobte sein?«, fragte ich.
»Mein Sohn«, platzte Naidang heraus.
Da war auf einmal meine Schande getilgt, denn zum ›Ersten Versprechen‹ lädt man nur Verwandte und die nächsten Freunde ein.
Nun begannen strenge Unterrichtsstunden für mich, und am Tag vor Vollmond ritten wir zu Bators Zelt. Die Brauteltern begrüßten uns, und dann durften wir die Braut sehen. Sie war ein halbes Jahr jünger als Naidangs Sohn. Lächelnd zeigte sie uns ihre Ohrläppchen, die morgen geschmückt werden sollten. Schon im Säuglingsalter waren sie vorsorglich durchstochen worden. Nachher gab es einen Vorgeschmack des Festessens mit viel Lamm und Hammelfleisch und Bergen von Käse.
Am nächsten Tag traf die Familie Naidang ein. Der Sohn trug ein neues Seidengewand, und die Mutter trug den Familienschmuck. Dann begann die Feier. Als die Männer hübsch nach der Rangordnung saßen und als die Frauen auf ihren schlechten Plätzen im Westen von vielem Hin und Her zur Ruhe gekommen waren, wurde das kleine Brautpaar hereingeführt. Der Knabe kniete vor seiner Braut, hob ernst und artig einen Streifen weißer Seide, den man Haddak nennt, auf die ausgebreiteten

Handflächen und neigte das Haupt. Auf der Seide lagen ein paar silberne Ohrringe. Das Mädchen war ein süßes Kind mit schwarzen Kulleraugen. Sie nahm die Ringe und steckte sie langsam ins Ohrläppchen, einen nach dem andern. Da erhob sich der Knabe, die Brautväter sagten feierlich »Ochee«, was kein Wort ist, sondern ein Ausruf der Zufriedenheit, und das Festessen begann.

Zusammen mit Naidang ritten wir nach Hause.
Der ersten Verlobung folgte die zweite, die eine ungleich ernstere Sache ist. Statt des Bräutigams erscheint jetzt ein Abgesandter und überbringt die Armreifen. Um diese Zeit sind die Verlobten etwa fünfzehn Jahre alt, und wenn die Armreifen angenommen werden, findet die Heirat in drei oder vier Jahren statt.
Natürlich wäre es unhöflich gewesen, Naidang zu fragen, weshalb seine Tochter Siebenstern zwar die Armreifen trug, aber von Hochzeitsvorbereitungen nichts zu bemerken war. Pantje versuchte auf seine Art, hinter das Geheimnis zu kommen, allein Naidang verstand nicht oder wollte nicht verstehen. Pantje sagte etwa: »Wann wird der Mond sich wieder runden?«
»In achtundzwanzig Tagen«, antwortete Naidang trocken. Er zeigte dadurch, dass er ein Torgot-Mongole und bar jeder feinen Bildung war. Pantje schwieg verdrossen.
Was Pantje nicht gelang, sollte mir beschieden sein.
Eines Tages im Frühjahr traf ich Siebenstern am Fluss, und wir setzten uns unter ein Mehlbeerbäumchen.

»Das Gras wächst«, sagte ich, »und die Kamele werden fett werden.«
Siebenstern fragte: »Tragen bei euch die Frauen das Haar offen oder aufgebunden?«
»Wie es ihnen gefällt«, antwortete ich.
Siebenstern schien damit einverstanden. »Ich tue auch, was mir gefällt«, sagte sie lächelnd.
»Willst du damit sagen, dass du es auch im Knoten tragen könntest?«, erkundigte ich mich.
Siebenstern war keineswegs beleidigt. »Ja«, antwortete sie, »das könnte ich, denn ich war verheiratet.«
»Das wusste ich nicht«, sagte ich, »jetzt weiß ich es.«
»Hat dir Pantje nichts gesagt?«, fragte Siebenstern.
»Er kann nicht sagen, was er nicht weiß«, machte ich sie aufmerksam.
»So will ich dir erzählen«, sagte Siebenstern. Zuerst blickte sie ein wenig geradeaus, um sich zu besinnen, dann schob sie die Haare zurück, die sie lose unter einem Stirnband trug, und begann:
»Wir Mongolen haben Gesetze, die man befolgen muss. Die Gesetze sind streng, aber was tut das? Du warst neulich beim ›Ersten Versprechen‹ meines Bruders dabei. Da sind die Kinder klein und tun, was die Eltern haben wollen. Beim ›Zweiten Versprechen‹ dürfen die Kinder tun, was sie wollen, denn nun sind sie schon groß, und ein Mädchen von fünfzehn Jahren weiß, was es machen muss, um den Verlobten vorher zu sehen oder zu erfahren, wie er ist. Wenn der Vertreter des Verlobten kommt, kann das Mädchen die Armreifen, die er bringt, annehmen oder ablehnen. Die Armreifen liegen diesmal auf einem großen

weißen Haddak. Ich«, sagte Siebenstern, »wusste, dass mein Verlobter gesund war und groß, und es gab nichts, warum ich die schönen silbernen Armreifen ausschlagen sollte. Also nahm ich sie, und nun war ich richtig verlobt.

Von diesem Heiratsversprechen darf man nämlich nicht mehr zurücktreten. Die Ehre der Familie war mit meiner zugleich verpfändet. Ich musste also drei Jahre später heiraten, und es war ein großes Fest. Kein Mädchen darf den Tag der Hochzeit wissen. Darum wurde ich vier Wochen vorher zu meiner Tante geschickt. Als man mich abholte, wehrte ich mich, wie man es tun muss, und ich floh auf dem Pferd, das sie mir brachten. Bator holte mich ein, und als ich aus dem Sattel sprang, um davonzulaufen, saß hinter jedem Busch eine Tante. So wurde ich gefangen, und dann wurde die Hochzeit gefeiert. Da gab es keine Hilfe«, sagte Siebenstern, »und ich musste mein Versprechen einlösen. Wir verbrachten miteinander drei Tage und drei Nächte, wie das Gesetz es haben will. Ich band mein Haar auf und war eine Frau. Am vierten Tag kam mein Vater mit Bator und mit meinem ältesten Bruder, und sie führten ein gesatteltes Pferd am Zügel, auf dem niemand saß. Mein Vater kniete nieder und bot mir auf einer Silberschüssel ein gekochtes Lamm, und Bator hielt eine Schüssel, auf der viel weißer Käse in runden Stücken lag. ›Jetzt tu nach deinem Willen, Tochter‹, sagte der Vater. Da nahm ich ein Stückchen Käse, und ich nahm ein Stückchen Fleisch, und mein Vater wurde blass. Niemand sagte ein Wort, aber mein Brüderlein führte das ledige Pferd herbei. Da saß ich auf. Ich verließ das Zelt meines Mannes und ritt wieder

nach Hause, und sie hätten mich vorher gar nicht fangen brauchen. Nun bin ich zwar eine Frau«, sagte Siebenstern, »aber ich mag aufgebundene Haare nicht. Darum trage ich sie wie vorher, obwohl man das nicht soll. Ich habe ja auch kein Kind«, sagte sie entschuldigend.
»Tun viele Frauen, was du getan hast?«, fragte ich.
»Die meisten bleiben bei ihren Männern«, gab Siebenstern zu, »aber der meine gefiel mir nicht. Da ist es besser, gleich zu gehen als später, wenn man ihm die Kinder lassen muss.«
Von diesem Gespräch schwieg ich Pantje gegenüber, obwohl er selbstverständlich längst alles in Erfahrung gebracht hatte. Erst als wir den Edsin-Gol verließen und unser Zelt wieder in der Wüste aufschlugen, kamen wir auf Siebenstern zu sprechen. »Sie hat ihrem Vater viel Geld gekostet«, bemerkte Pantje tadelnd.
»Ein Hochzeitsfest«, gab ich zu bedenken, »ist nirgends umsonst.«
»Das mag angehen, wenn zwei es bezahlen«, sprach Pantje, »aber weil Siebenstern die Unzufriedene war, musste Naidang den Eltern des Mannes die Unkosten ersetzen.«
»Bei uns«, tröstete ich, »kostet eine Scheidung noch viel mehr. Und so einfach geht es auch nicht.«
Pantje war erstaunt. »Man muss doch«, sagte er, »den Frauen ihre Freiheit lassen, wenn sie sie haben wollen. Bei uns«, sagte er, »haben sie die glei chen Rechte wie der Mann. Es gibt nur eine Ausnahme, und darüber sind alle Frauen empört. Aber«, sagte Pantje schlau, »schließlich muss der Mann ein Recht mehr haben. Wo kämen wir sonst hin?«

»Nicht weit«, gab ich zu, und Pantje merkte wieder einmal, dass ich nicht wusste, was er meinte.
»Die Kinder«, sagte Pantje, »bleiben nach der Scheidung beim Mann so lange, bis sie groß sind.«
»Und die Frau?«, fragte ich.
»Das ist es ja«, seufzte Pantje, »weswegen die Frauen so oft bei ihren Männern bleiben.«

»Geh hinaus«, rief die Mutter, »und frage keine unnützen Dinge!«
»Ist es wahr«, fragte Kuku-Schowo hartnäckig weiter, »was mir die andern Mädchen erzählt haben: Drei Tage und drei Nächte muss ich bei ihm bleiben, am vierten Tag aber darf ich wieder in mein Zelt heimkehren, wenn es mir bei ihm nicht gefällt? Es ist zwar keine ...« Sie stockte einen Augenblick, wiederholte aber dann tapfer: »... es ist zwar keine Ehre für die Familie, aber auch keine Unehre.«
»Es ist ein Prinz von Ili, und du wirst ihn zum Manne nehmen und behalten«, entschied die Mutter.

An ihrem vierzehnten Geburtstag saß die Prinzessin Kuku-Schowo auf dem Ehrenplatz im Zelte ihres Vaters. Sie hatte neue Reitstiefelchen an, und in das grüne Zierleder über den Filzsohlen waren schön verschlungene Muster eingepresst. Die ärmellose Weste mit eingewebten Blumen überdeckte das meergrüne Seidengewand bis zum Gürtel. In den Haaren blitzte ein neuer Silberreif mit einer rosenroten Koralle. Das Fest der ›Großen Glücksschärpe‹, das zweite, ernst zu nehmende Verlobungsfest sollte gefeiert werden. Seit acht Tagen hatte die Mutter gesagt: »Wenn der Bote des Prinzen kommt und vor dir niederkniet, nimmst du die dargebotenen Armreifen ohne Zögern und streifst sie dir über die Hand.« Aber Kuku-Schowo hatte nur die Achseln gezuckt, so verstockt war sie.
Jetzt hörte man draußen den Hufschlag eines galoppierenden Pferdes. Der Vater setzte sich aufrecht und klopfte die Pfeife mit dem winzigen Nephritkopf aus. Der kleine Bruder Kuku-Schowos,

kniete er vor ihr nieder und sagte mit wohlgesetzten Worten, dass sie die Kindespflicht erfüllt und dem Manne angehört habe, den die Eltern für sie auserwählt hätten. Nun sei es an ihr, einen freien Entschluss zu fassen, ob sie fürderhin bei ihrem Manne bleiben wolle oder ob sie nach Hause zurückzukehren wünsche. Statt einer Antwort hob Kuku-Schowo den Vater auf, befahl mit einem Wink, die Speisen zu entfernen, und entschied sich somit eindeutig für den Prinzen von Ili.

Er wurde gerufen und bemerkte glückstrahlend die heitere Miene seiner schönen Gattin. Vom Zelt aus hatte er, durch eine Lücke in der Filzwand spähend, die Diener gesehen, die mit dem unberührten Lamm und dem Brot herauskamen. Als er diese Entdeckung machte, frohlockte er. Kaum konnte er warten, bis die förmliche Begrüßung, die er mit seinem Schwiegervater wechseln musste, zu Ende war. Seine Seligkeit sprang ihm aus den Augen, suchte in dem Gegenpaar der Liebsten zu verweilen und glitt von dort über ihre Gestalt. Sie hat so schlanke Finger, dachte er jubelnd, ganz gewiss hat Hsiang-Fei keine vollendetere Hand gehabt.

Während einer kurzen Zeit herrschte vollkommene Stille. Sie dauerte vielleicht kaum eine Minute, aber sie war die glücklichste im Leben des Prinzen.

»Ich muss mit euch ein Wort reden, das bisher unausgesprochen blieb«, unterbrach der Fürst das Schweigen.

»Ihr wisst, ihr seid meine liebsten Kinder, außer Dotulin, der meinem Herzen und meiner Sorge am nächsten steht. Allein er ist noch unmündig. Ich habe daher beschlossen, dass ihr im Falle meines

Todes gemeinsam die Regentschaft führen sollt, bis Dotulin erwachsen ist. Damit euch dies bei den schlimmen Zeiten voll Drohung und täglichem Streit besser gelinge, wünsche ich, dass du, meine Tochter, für zwei Jahre in die Welt gehen sollst, um dort zu lernen, was die Herzen der Menschen so unruhig macht. Du, mein Sohn aber, bleibe hier, besuche mich oft und halte die Augen und Ohren für dein künftiges Amt offen.«
Der arme Prinz fiel bei diesen Worten aus allen Himmeln. Zuerst versuchte er in den Gesichtern zu lesen, ob ein Widerspruch möglich sei, er sah aber bald an dem triumphierenden Blick Kuku-Schowos, den sie keineswegs zu verbergen suchte, dass seine Sache verloren war, ja ihm schien, dass er nichts anderes als eine Figur in dem abgekarteten Spiel von Vater und Tochter sei.
Die Augen begannen ihm zu schmerzen, er war dem Weinen nahe.
»Mein Sohn«, sprach der Fürst mit Nachdruck, »nicht umsonst sende ich Kuku-Schowo auf weite Reisen. Du weißt, dass ihr Vetter, der auch mit dir verwandt ist, beim weißen Zaren in Petersburg war. Seit er wieder im Lande ist, führt er großtönende Reden über Fortschritte, die zu machen seien, und über die Hindernisse, die sich ihnen entgegenstellen. Damit meint er mich. Trotzdem, sagt er, stehe den Torgot-Mongolen eine glänzende Zukunft bevor. Und damit meint er sich. Die Reise Kuku-Schowos soll diesen Redereien ein Ende machen. Meine Tochter wird so gut wie er bemerken, ob wir neue Einrichtungen brauchen oder ob wir beim Alten verharren können. Wenn sie nach zwei Jahren zu dir zurückkehrt, wirst du nicht nur eine

schöne, sondern auch eine gescheite Frau haben. Hamma-guä. Mach dir keine Sorgen.«
Damit stand der Alte auf und überließ es dem jungen Paar, sich auseinander zu setzen. Kuku-Schowo legte sich geschwind ein paar Worte zurecht, die sie ihrem jungen Gemahl eins nach dem andern mit beleidigter Miene hersagen wollte. Doch der Prinz von Ili schwieg. Es war seltsam, auch in den folgenden Tagen erwähnte er die bevorstehende Reise nicht, und wenn er es später tat, sprach er sachlich und beinahe freudig über die Vorbereitungen, die zu treffen waren. Kuku-Schowo wunderte sich über ihn, sie ahnte nicht, welche Überwindung es ihn kostete, die Traurigkeit zu verbergen, die ihn bedrückte. In seinem einfachen Herzen dachte der Prinz nur daran, der Geliebten die kurze Zeit, die sie noch bei ihm blieb, so schön wie irgend möglich zu gestalten. Sie soll sich meiner gern erinnern, sie soll, wenn sie in den fernen Ländern weilt, sich auf die Heimkehr freuen. So dachte er. Und Kuku-Schowo, obgleich sie vom Reisefieber ergriffen war, empfand dankbar seine Zuneigung und war unverdorben genug, sie in den seltenen Augenblicken, in denen sie ihr großes Vorhaben vergaß, ehrlich zu erwidern.
Der Tag der Abreise nahte. Am Zwanzigsten im ersten Monat nach chinesischer Zeitrechnung verließ Kuku-Schowo mit einigen Dienern ihres Vaters die Berge von Ili. Der Prinz gab ihr acht Tage lang das Geleit. Dann kehrte er um. Er tut mir leid, dachte Kuku-Schowo, als sie ihn auf seinem Falben verschwinden sah, er war eigentlich nett zu mir.
Und manchmal, wenn sie in den drei Monaten der Wüstenreise unter den Strapazen litt, wünschte sie

sich in seine Jurte zurück. Sie hätte das früher nie für möglich gehalten. Als sie aber die chinesische Eisenbahn, die Kuch-Choto mit Peking verbindet, erreichte, war alles vergessen.

Dabei blieb es, auch als Kuku-Schowo schon längst in Europa war. Die wenigen Briefe, die kamen, beantwortete sie nicht. Oft trug sie den Umschlag mit dem breiten roten Glücksstreifen tagelang ungeöffnet in ihrer Handtasche bei sich, oder sie löste das Siegel erst auf Verlangen ihrer neuen Freunde, die die wunderliche mongolische Schrift sehen wollten. Wenn sie die bildhaften Zeichen erblickten, sagten sie: »Que c'est drôle« oder »How lovely«, je nachdem Kuku-Schowo in Paris oder London war. Sie selbst erkannte auf den ersten Blick einen jener langweiligen Briefe, die ihr der Prinz regelmäßig zum Wechsel der Jahreszeiten schrieb. Dass er zum Ebi-Nor geritten sei, um die Pferde vor dem Verhungern zu retten, denn der Winter wäre fürchterlich und lang gewesen, die meisten seien auch durchgekommen, weil außer dem Schilf noch Derres-Gras vom Vorjahr aus dem Schnee hervorgeschaut habe. Jetzt sei er wieder in dem Berglager, das auch sie kenne, und die gelben Frühlingsblumen hätten noch geschlossene Köpfe, würden aber bald blühen, und dann sei es so unbeschreiblich schön wie sonst nirgends. Kuku-Schowo faltete den Brief zusammen und legte ihn zu den andern. Es war Frühsommer in Paris und somit recht uninteressant, etwas vom Winter im Torgotenland zu lesen.

Sie blieb nicht zwei, sie blieb fünf lange Jahre in einer Welt, die ihr zu Beginn fremd gewesen war, die sie mit raschen Sinnen begriffen hatte und die

sie schließlich recht vergnüglich fand. Nicht der Prinz von Ili, sondern ihr Vater bat sie, nach Hause zu kommen. Sie sah an der Schrift, die nicht die seine war, dass es wirklich ernst wurde. Die Versicherung, er wolle mit aller Kraft dem Tode trotzen, bis er sie noch einmal gesehen habe, rührte Kuku-Schowo tief. Allein die Furcht, in ein Leben voll äußerer Drangsal zurückkehren zu müssen, war stärker. Zögernd schrieb sie um Reisegeld und war sich zugleich bewusst, dass sie es für andere Dinge ausgeben würde. Das Geld kam nicht. Wohl aber erhielt sie einen Brief ihres Prinzen außerhalb der Reihe seiner Vierteljahresbriefe, an dem das rote Glücksband fehlte. Sie riss ihn auf. Und las, dass ihr Vater gestorben war, dass ihr Bruder in Schanghai an einer ausländischen Schule studiere und dass ihr Vetter die fürstliche Gewalt an sich gerissen habe. »Umsonst«, schrieb der Prinz, »habe ich deinen Vetter, der auch der meine ist, auf den Willen des Verstorbenen aufmerksam gemacht. Er lachte und sprach: Sollen sich die Torgoten von einem ›freundlichen Mädchen‹ regieren lassen?«
Kuku-Schowo las nicht weiter. Zorn und Scham, Heimweh und alles längst Vergessene wurden lebendig. Sie borgte sich das Reisegeld zusammen und fuhr im Zwischendeck nach Schanghai. Dort besuchte sie ihren Bruder. Er war ein fünfzehnjähriger brauner Bursche mit aufgewecktem Gesicht. Die Zigarette, die er rauchte, schlug sie ihm aus der Hand, dann küsste sie ihn zärtlich und beschwor ihn, sich keine Sorgen zu machen, sie bringe daheim alles in Ordnung. Noch trennte sie die lange Wüstenreise von der Vergeltung, die sie heiß herbeisehnte. Mit Hilfe von Freunden ihres Vaters

stellte sie eine kleine Karawane zusammen und ritt unter dem sternklaren asiatischen Nachthimmel der Heimat zu. Die dumpfe Glocke aus Kupferblech mit dem hölzernen Schlegel, die das Kamel am Schluss des Zuges trug, mahnte sie vergeblich zur Ruhe. Kuku-Schowo hatte das glückliche Dasein verlernt, das nach keiner Zeit fragt. Sie drängte zur Eile und las während der Ruhepausen, die sie unerträglich fand, die Briefe ihres Mannes immer wieder. Wie hatte sie ihn, wie hatte sie ihre Heimat mit den gelben Frühlingsblumen so sehr vergessen können! Sie weinte. Nur den letzten, schlimmen Brief las sie nicht, denn sie wusste ihn auswendig. Der Prinz von Ili ist ein guter Kerl, sagte sie sich, aber er ist ein Feigling, sonst wäre mein Vetter nicht mehr am Leben.
Die Kunde ihres Kommens eilte Kuku-Schowo voraus. Im Tal von Bezeklik, wo die roten Lössbastionen so nahe zusammentreten, dass die Kamele im Schatten der Felswände vorsichtig geführt werden müssen, um nicht in das tosende Wasser des Baches zu stürzen, kam ihr der Prinz entgegen. Kuku-Schowo hieß ihre Leute weiterreiten und stieg ab. Sie fand ihren Gatten unverändert. Ein wenig zaghaft trat er auf sie zu und brachte eine hellblaue Seidenschärpe zum Vorschein, in der ein Ring mit einer blutroten Koralle funkelte. Seine Augen schimmerten feucht, er war glücklich. Auch Kuku-Schowo war ergriffen. Hätte sie ihrer ersten Regung nachgegeben, sie wäre vor ihm niedergekniet und hätte seine Hände mit Küssen bedeckt. Doch der unselige Brief, der ihre Eitelkeit verletzt hatte, ließ es nicht zu.
»Wer ist Fürst im Torgotenland?«, fragte sie.

»Dein Vetter«, antwortete der Prinz und senkte die Augen. Als er sie wieder aufschlug, waren sie freudeleer.
»Wie ich von deinem Kommen erfuhr«, fügte er zu seiner Entschuldigung hinzu, »habe ich versucht, ihn zu beseitigen, aber es ist mir misslungen.«
»Dummkopf«, rief Kuku-Schowo, ihre Beherrschung verlierend, »jetzt ist er gewarnt, alles ist vorbei.« Sie hob ihre Hand, fühlte die Reitpeitsche darin und schlug sie dem vor ihr Stehenden mitten ins Gesicht. Er stürzte zusammen und bedeckte sein Antlitz mit beiden Händen. Dabei entfiel ihm der Ring, der wie ein rotes rundes Auge über den schmalen Weg in den Abgrund rollte.
»Steh auf«, schrie Kuku-Schowo, »ich habe mit dir zu reden.«
Langsam erhob sich der Prinz. Mit einer Hand stützte er sich auf den steinigen Boden des Saumpfades, mit der andern bedeckte er die linke Gesichtshälfte, zwischen den Fingern sickerte Blut. Als er endlich vor ihr stand, riss sie ihm die schützende Hand weg und sah entsetzt in eine leer blutende Augenhöhle. Da tat sie, was sie zuerst tun wollte. Sie fiel vor ihm nieder, umfing seine Knie und weinte hemmungslos.

Der Christbaum von Hami

In den ersten Dezembertagen kam ich nach Hami. Ich war, wie die Chinesen sagen, »in ehrfurchtsvoller Erwartung«, denn Hami ist die erste Oasenstadt, die man betritt, wenn man die große Wüste Gobi hinter sich gelassen hat. Es fiel mir ein, dass Marco Polo vor rund 700 Jahren auch in Hami war, und als ich durch das Stadttor ritt, dachte ich daran. Nachher erinnerte ich mich aber, dass es auch Leute gibt, die sagen, das sei falsch und Marco Polo sei nicht in Hami gewesen, sondern er habe die Stadt bloß vom Hörensagen gekannt. Deshalb habe er über Hami geschimpft und berichtet, dass dort schlechte Leute wohnten. Ich habe herausgefunden, dass die Bewohner von Hami gute Leute sind. Die Chinesen waren liebenswürdig, und bei den Türken, die dort wohnen, war ich oftmals eingeladen. Sie gaben meinen Kameraden und mir jedes Mal ein Festessen, und nachher bekamen wir Zuckermelonen, die man in den Gärten von Hami pflanzt.

Am liebsten war ich bei Herrn Chen, denn Herr Chen war der Postmeister, und er sprach nicht bloß Chinesisch, sondern auch Englisch. Wir konnten uns über alles unterhalten, was es gab. Als ich ihn kennenlernte, überreichte er mir gleich eine Menge Briefe, die aus der Heimat eingetroffen waren, und das war das Beste. Aber dann kamen keine

Briefe mehr. Jedes Mal, wenn ich zum Postamt ging, bedauerte Herr Chen, dass ich den Weg umsonst gemacht hätte. Er lud mich dann zu einer Tasse Tee ein, und er sagte, das Ausbleiben der Briefe liege daran, dass es jetzt in den Bergen so viel geschneit habe, und die Postreiter könnten nicht über die Pässe reiten und ich müsste Geduld haben.

Ich sagte: »Ja, Herr Chen.« Aber geduldig wurde ich deshalb nicht. Weihnachten rückte näher, und wenn man keinen Weihnachtsbaum hat, möchte man wenigstens Briefe haben. Meinen Kameraden ging es wie mir. Zwei Tage vor dem Fest drehte einer den Satz um und sagte: »Da wir keine Briefe bekommen, wollen wir einen Weihnachtsbaum haben.« Alle riefen: »Bravo!«, und wir entschlossen uns, sofort zu handeln. Ich ging zum Postmeister Chen, und ich fragte ihn, wo hierzulande Tannenbäume wüchsen. Wir brauchten dringend einen, sagte ich. Herr Chen hob die Schultern bedauernd, und er sagte, so was gebe es hier nirgends. »Tannen«, versicherte Herr Chen, »gibt es sowieso keine. Vielleicht können Sie eine Fichte finden, aber dazu müssen Sie ins Gebirge gehen, ganz hoch hinauf, wo sonst kein Mensch hinkommt. Es ist sehr gefährlich.«

»Wie heißt die Fichte auf Chinesisch?«, fragte ich.

Herr Chen sagte: »Fichte heißt ›sung‹.« Dabei lächelte er.

Am nächsten Morgen sattelten wir Pferde, und sobald die Sonne aufging, ritten wir zu dritt zum Stadttor hinaus. Vorher konnten wir nicht aufbrechen. Die Soldaten öffneten das Tor nicht eher, als bis die ersten Sonnenstrahlen über dem Rand der

Stadtmauer glänzten. Während wir am Postamt vorüberritten, schien mir, als ob einer durch das winzige Guckloch im Papierfenster schaute. Aber bestimmt hätte ich das nicht sagen können. Es war ja auch nicht wichtig.
Hami liegt am Fuß der hohen Barkul-Berge. Wir ritten die Straße hinauf, die zum Pass führt, und wir suchten rechts und links und überall nach Bäumen. Es gab aber bloß Steine und Felsen. Wir wussten wohl, dass es in China schon lange keine Wälder mehr gibt, außer im Hochgebirge, aber deshalb gaben wir die Hoffnung nicht auf. Irgendeine kleine Fichte würden wir schon finden. Am Nachmittag wären wir mit einer Kiefer zufrieden gewesen, aber es gab auch keine Kiefern. Wir stiegen höher und höher. Wir zogen die Pferde hinter uns drein, und dann begann der Schnee. Es war noch weit bis zum Pass.
»Wenn wir jetzt umkehren«, sagte ich, »wird es dunkel, bevor wir das Stadttor erreichen, und sie lassen uns nicht mehr hinein.«
Von da an suchten wir nicht mehr nach einer Fichte, sondern nach einer Unterkunft für die Nacht. Die Sonne sank, der Himmel war von Feuer übergossen, aber wir froren. Als wir uns mit dem Gedanken vertraut machten, im Freien kampieren zu müssen, fanden wir ein Kirgisenzelt. Das war eine Freude. Die Kirgisen waren freundliche Leute. Sie hatten Pferde und Schafherden bei sich, und die Lämmer übernachteten bei uns im Zelt, denn da brannte ein Feuer. Es war schön warm, und zu essen bekamen wir auch. Als wir beim Tee saßen und als wir uns anlachten, weil keiner von uns etwas auf Kirgisisch sagen konnte, fragte ich, ob sie

nicht wüssten, was »sung« sei und wo es das gebe. Aber die Kirgisen verstanden kein Chinesisch, und so lachten wir miteinander noch mehr. Schließlich nahm ich ein Blatt Papier aus der Rocktasche und zeichnete eine Fichte darauf. Da wurde die Heiterkeit erst recht groß. Die Kirgisen schlugen sich auf die Schenkel vor Vergnügen, und einer nahm mich am Ärmel und führte mich vor das Zelt. Er zeigte auf den Nordstern, und dazu sagte er: »Sung!« Wir verstanden uns vortrefflich.

Am andern Morgen schenkte ich den guten Leuten meinen Bleistift und den Block Papier mitsamt der Fichte darauf. Als Gegengabe bekamen wir ungezählte Segenswünsche, und dann ritten wir nach Hami zurück, damit wir am Heiligen Abend an einem Tisch sitzen konnten, auf dem ein gutes Essen und eine Petroleumlampe standen. Der Weg war weit. Es ging zwar bergab, aber die Pferde waren müde. Wir trotteten so dahin, und als wir Hami von Ferne erblickten, stand die Sonne im späten Nachmittag. Die Schatten wurden länger, und in den Tälern der letzten Ausläufer des Gebirges lag Flugsand. Wir erkannten unsere Spuren vom Tag vorher. Seither war niemand des Weges gezogen.

Plötzlich, nicht weit von der Wegspur, es waren kaum hundert Meter, und es war überhaupt nicht zu glauben, stand ein Tannenbäumchen. Das Bäumchen war schön gewachsen, und es hatte prächtige Äste rundherum. Es war nicht groß, aber es war nicht zu übersehen. Ich glaube, wir erblickten es gleichzeitig. Wir schrien laut und galoppierten, und ich sprang als Erster aus dem Sattel. Dann redeten wir alle durcheinander. Wir gingen um das Bäumchen herum.

»Es ist eine Fichte«, sagte Hans, der sich auskannte, »wie kommt die daher?«
»Sie stand schon gestern da und vorgestern auch«, sagte ich, »aber du hast geschlafen, sonst hättest du sie gesehen.«
»Eigentlich ist es schade darum«, sagte Bodo, »es ist ein schöner Baum.«
»Es ist ein Bäumchen«, sagte ich, »und man muss es an der Wurzel absägen, damit nichts verloren geht.«
Ich räumte den Sand beiseite und die Steine, die da lagen, und Hans holte den Fuchsschwanz, den wir zum Bäumefällen mitgenommen hatten. Das war aber nicht mehr notwendig. Auf einmal neigte sich das Bäumchen zur Seite und fiel von selber um. Wo es im Boden gesteckt hatte, lag eine rote chinesische Glückwunschkarte. »Fröhliche Weihnachten« stand darauf.
»So ein Schuft«, sagte Hans, »und ich hielt ihn für einen ehrlichen Menschen.«
»Nicht alle Postbeamten sind Gauner«, gab Bodo zu bedenken.
»Uns hat er jedenfalls hereingelegt«, sagte ich.
Jetzt erst bemerkten wir eine Eselsspur, die von Hami kam und wieder zurückführte. Da beeilten wir uns. Wir nahmen das Bäumchen mit, und wir ritten einen scharfen Trab. Wie auf Verabredung sprangen wir vor dem Postamt vom Pferd, aber die Tür war geschlossen, und wir klopften vergebens. Ich schaute durch das Guckloch im Papierfenster, doch ich blickte in die dämmrige Leere einer Amtsstube. Da ritten wir nach Hause.
Unser Koch grinste, als er uns kommen sah.

»Großes Glück!«, rief er uns freudestrahlend entgegen. »Unerwarteter Reichtum ist eingetroffen!«
Er hob den Vorhang von der Tür, und weil der Tisch in der Mitte des Zimmers stand, sahen wir gleich die Pakete und die vielen Briefe, und vornedran lag ein Päckchen mit kleinen weißen Kerzen und mit dem Glückwunschzettel, den wir schon kannten. »Fröhliche Weihnachten« stand darauf.

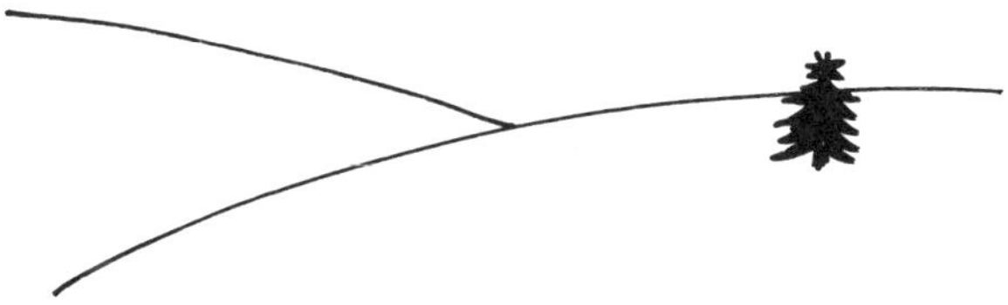

Das ist der Unterschied

In K. gibt es eine Missionsstation mit vielen Patres. Wenn ich viel sage, meine ich damit sechs oder acht, und wenn ich die Station nur mit K. bezeichne, so geschieht es, weil sich dort ein Kunstwerk befindet, das mein lieber Freund Hans gemalt hat.
Hans hielt seinen Einzug in K. auf einer Tragbahre, denn er hatte schreckliches Fieber und weinte nach jedem Aufwachen. Zuerst dachten wir, das sei bloß seine Empfindsamkeit, aber dann merkten wir, dass es die Malaria war. Zwölf chinesische Träger, die sich wie bei einem Stafettenlauf ablösten, brachten ihn nach K. Als wir hörten, dass der Transport gelungen war, atmeten wir auf. Von da an erhielten wir alle zwei Tage Nachricht, und nach einer Woche schrieb Hans selbst. »Mein Anfall«, schrieb er, »ist bloß ein Rückfall, und eigentlich bin ich gesund; aber ich brauche meinen Malkasten.« Also schickten wir ihm den Malkasten, und acht Tage später ritt ich nach K., um Hans abzuholen. Wir lagen damals vier Tagereisen von K. entfernt auf dem mongolischen Hochplateau, und wenn ich verrate, dass man K. ebenso gut mit G. bezeichnen kann, weil die Stadt zwei Namen hat, weiß jeder, dass es sich um S. handelt. Das ist der dritte Name der Stadt.
Als ich hinkam, wies man mich zur katholischen Mission, die außerhalb der Mauern auf einer

heißen und baumlosen Ebene liegt. Es war eine gepflegte Station mit vielen ebenerdigen Häusern und mit einer richtigen Kirche. Das Krankenhaus war ein lang gestrecktes Gebäude. Hans war nicht darin. »Lai«, sagte ein sanfter chinesischer Diener und führte mich zur Kirche. Als ich eintrat, sah ich ebenfalls niemand. »Wang ce mo«, flüsterte mein Begleiter und wies auf die Apsis, die mit Tüchern verhängt war. Ich schob die Tücher beiseite, und nun erblickte ich Hans. Er stand vor einem Wandgemälde, er hatte die Palette in der Linken, und in der Rechten hielt er einige Pinsel. Auch im Mund hatte er einen, von dem ein wenig Braun auf den Anzug tropfte. Ich sah, dass Hans im besten Zuge war. »Lass dich nicht stören«, sagte ich und trat zurück, um das Bild auf mich wirken zu lassen. Es war so gut wie fertig. Besonders der Hintergrund schien mir gut gelungen. Da war eine Felslandschaft mit Wasserfällen und eingezäunten Pfaden, auf denen ein paar Wanderer gemessenen Schrittes emporstiegen. Es gab auch Leute, vermutlich waren es Dichter, die die heroische Landschaft von Hans bewunderten. Sie lagen zu diesem Behuf am Berghang oder saßen auf Wurzelstöcken. Das Wetter in der weiträumigen Landschaft war nicht überall gleich gut; an einigen Stellen regnete es sogar. In der Mitte aber schwebte eine große, schöne Wolke.

»Man muss«, erklärte mir Hans leise, »auf die Gefühle der hiesigen Bevölkerung Rücksicht nehmen.« Ich nickte, und Hans zeigte mir im Vertrauen das Buch über chinesische Landschaftsmalerei, das er mit Vorteil benutzt hatte. Im Vordergrund des Bildes standen auf einer Rasenbank die Patres der Station K. Den kleinen Pförtner erkannte ich sofort, obgleich er von rückwärts gemalt war und das Gesicht dem Himmel zuwandte. Die übrigen Patres taten das auch. Zu einer ernsten Gruppe zusammengeschlossen, blickten sie zu der Wolke in der Mitte empor. Ihre Bewegungen waren verhalten, aber sie drückten einen geheimen Jubel aus, der auf die beiden Gruppen der chinesischen Gläubigen rechts und links übergriff. Auch von ihnen wagte keiner, aus dem Bild auf den Beschauer zu blicken. Für ein Wandgemälde war das merkwürdig. Dabei ging die bescheidene Farbgebung nicht über Blau, Gelb und Rot hinaus.

Hans nahm den Pinsel aus dem Mund. »Das Bild ist fertig«, sagte er, »wie gefällt es dir?« Ich sprach ihm meine Bewunderung aus. »Die Dreieckskomposition ist ausgezeichnet gelöst«, sagte ich, »ich habe nicht gewusst, dass du mit lebensgroßen Figuren und noch dazu mit lauter Rückansichten ein ernstes Thema so gut darstellen kannst.«

»Nicht wahr?«, sagte Hans stolz. »Aber«, gab er bescheiden zu, »es ist nicht meine Idee. Die Patres, musst du wissen, haben mich in kürzester Zeit gesund gemacht. Dafür wollte ich mich dankbar zeigen. Also sagte ich: ›In Ihrer Kirche fehlt ein Bild.‹ Sie sagten, das wüssten sie schon lange und ob ich ein Maler wäre. ›Ich bin nicht sehr geschickt, wenn es sich um Gesichter handelt‹, erklärte ich dem Prior, aber er meinte, das käme seinem Anliegen gerade entgegen. ›Die Chinesen‹, setzte er mir auseinander, ›sind naturalistischen Darstellungen nur so weit zugänglich, als es sich um die Form handelt. Der Inhalt dagegen muss verborgen bleiben.‹ So kamen wir überein, eine Auferstehung zu ma-

len, bei der unser Herr soeben in dieser dominierenden Wolke verschwunden ist. Nun blicken die Patres und das Volk vertrauend zu ihr empor. Ich habe mich um die Porträtähnlichkeit jedes Einzelnen bemüht, und alle sind so freundlich, sich zu erkennen.«
»Ich habe nicht einmal gewusst«, gab ich zu, »dass es sich um eine Auferstehung handelt.«
»Du bist noch immer ein Europäer«, sagte Hans mitleidig, »werde ein Chinese, so wirst du keine Erklärungen mehr nötig haben. Das ist der Unterschied.«

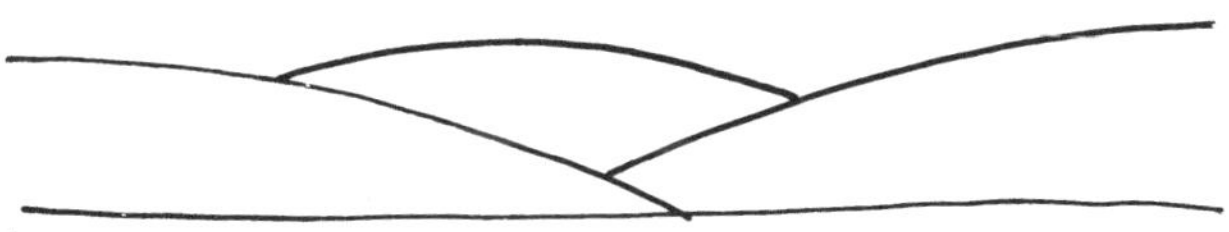

Wir Mongolen

»Wir Mongolen denken so.« Mit dieser Einleitung begann der alte Karawanenführer Märin, wenn es sich um eine längere Rede handelte. Hatte er so seine Meinung im Namen des ganzen Mongolenvolkes festgelegt, dann sah er in der Runde umher, und alsbald nickten alle Anwesenden feierliche Zustimmung. Befriedigt sog er an seiner Pfeife und begann:

»Wir Mongolen denken zum Beispiel, dass der alte Kaiser in Peking ein guter Mann war, ja sogar ein ausgezeichneter Mann. Er brauchte Pferde, wir verkauften sie ihm. Er brauchte Hüter für diese Pferde, wir bewachten sie ihm. Für je fünfhundert Pferde waren drei Mann verantwortlich. Dafür bekamen wir Geld. Waren das nicht gute Zeiten? Jawohl, das waren gute Zeiten. War irgendwo im Lande ein Rebell, der Unruhe machte, und kein Soldat brachte es fertig, die Ordnung wiederherzustellen, dann ließ der Kaiser bekannt machen, dass bis zu dem und dem Tag Friede und Gehorsam herrschen müsse, sonst wolle er die Mongolen schicken. Diese Bekanntmachung wirkte Wunder. Wenn einmal aber das Wunder ausblieb, dann sattelten wir unsere Pferde und feierten das seltene Fest, die Chinesen auf Befehl totschlagen zu dürfen, bis wieder Ruhe im Lande war. Kehrten wir vom Kriegszuge heim in unsere Steppe, so standen

die Weiber vor dem Zelt und schauten, die Kinder aber liefen herzu, lachten und riefen: ›Ai! Ai!‹ Wir schenkten ihnen Glasperlen und Silberschnüre, den Frauen und Mädchen aber blutrote Korallen. Das waren gute Zeiten, und der alte Kaiser war ein trefflicher Mann. Aber jetzt. Wir Mongolen denken, dass jetzt zum Beispiel schlechte Zeiten sind.«
Märin klopfte seine Pfeife an der Stiefelsohle aus, blies einige Male durch das lange Rohr und stopfte den winzigen Pfeifenkopf mit dem grünen Tabak, der in allen Zelten geraucht wird. Dann trank er einen Schnaps.
»Und warum«, fragte ich, »warum sind jetzt so schlechte Zeiten?« Märin sah mich erstaunt an.
»Verstehst du das nicht, Dandjat, verstehst du das wirklich nicht?« Da ich stillschwieg, fuhr Märin fort:
»Sieh mich an, ich bin vom Stamme Tschachar. Meine Kinder«, und damit wandte er sich zu all den bärtigen Mitgliedern seiner Sippe, die im Zelte saßen, »meine Kinder hier sind auch vom Stamme Tschachar. Sie ritten über die weite Steppe ihrer Heimat und waren reiche glückliche Leute. Ihre Pferde fraßen das kurze saftige Gras, und ihre Schafe hatten genug an dem, was übrig blieb, und wurden fett. Wir schlugen unsere Zelte auf, wo es uns gefiel, wir hatten Raum, wir hatten alles, was wir zum Leben brauchten. Was haben wir jetzt? Nichts haben wir. Das Land verloren wir, als der Mandschu-Kaiser gehen musste. Damals sind die ersten Chinesen in die Steppe gekommen. Im Anfang waren es einige wenige, dann kamen immer mehr, und als wir uns zur Wehr setzten, war es zu spät. Die chinesischen Siedler hatten Soldaten zu

Hilfe gerufen. Sie kamen mit Maschinengewehren und neuartigen Waffen. Viele waren es, und wenn wir hundert bezwangen, so kamen tausend andere dafür. Die Pferde haben sie uns genommen und die Weideplätze auch. Dort, wo unsere Herden zogen, geht heute der Pflug über das Land. Der Chinese baut seine Lehmhütten, wo unsere Zelte standen. Wir mussten nordwärts ziehen in das Gebiet anderer Stämme, die uns gerade noch dulden. Manche von uns sind ins Kloster gegangen, die meisten wurden zu Räubern, und wir ... Dandjat, trinke einen Schnaps mit mir.«

Er griff nach der kleinen Messingkanne, die zur Seite des offenen Feuers in der warmen Asche stand, füllte die Schale und reichte sie mir feierlich mit beiden Händen.

Während ich trank, begann er zu singen. Wir sangen alle, und die Silberschale ging von Mund zu Mund.

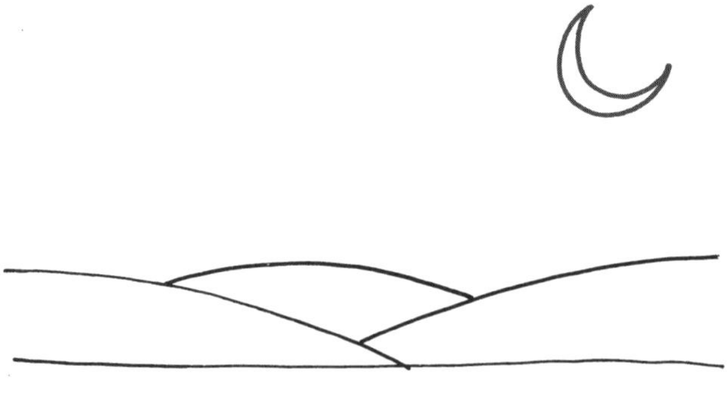

Aufbruch mit Sven Hedin

Der schwedische Forscher Sven Hedin war 62 Jahre alt, als er ein großes Unternehmen plante.
Früher war er allein gereist. Jetzt wollte er zum ersten Mal in Begleitung von Mitarbeitern zu einer Forschungsreise nach Innerasien aufbrechen. Die Mittel dazu wurden von drei Staaten und von fünf privaten Geldgebern bestritten. Zweiundzwanzig Fabriken stifteten Ausrüstungsgegenstände verschiedenster Art. So kam das große Unternehmen zustande. Als am 20. Mai 1927 zum ersten Mal die Karawanenglocken läuteten, war, wie Sven Hedin sagte, eine wandernde Universität unterwegs. Die Vorbereitungen dazu hatten fast ein Jahr lang gedauert, und oft genug erhob sich während dieser Zeit die Frage: »Wird es überhaupt gehen?« Schließlich ging es.
Ich hatte mir das einfacher vorgestellt. Ich glaubte, man fährt mit der Eisenbahn oder mit dem Schiff nach China. Alle Leute sind freundlich und erfreut, dass man kommt. Dann kauft man Kamele und Zelte, man nimmt Lebensmittel mit, und die Reise beginnt. Dass es damit nicht getan war, merkte ich bald.
Als ich im September 1926 die Nachricht erhielt, dass ich als Zahlmeister in die Mannschaft aufgenommen war, bekam ich gleichzeitig die Weisung: »Das Unternehmen muss vorläufig geheim gehal-

ten werden.« Das Verbot war streng; ich durfte mit niemand über die geplante Expedition reden. Jeden Abend schloss ich mich in mein Zimmer ein. Dann war es still im Haus, und ich studierte die Landkarten von Innerasien, die man mir aus Berlin geschickt hatte. Die Namen der Berge und der Flüsse waren wunderbar fremd, und die Ortsnamen kannte ich auch nicht. Ich lernte alle auswendig. Außen auf den Kartenblättern war ein Stempelaufdruck: »Eigentum Expedition Mitte«. Das war der Deckname für die Zeit der Vorbereitung.
Sie dauerte schrecklich lange. Ein Monat nach dem andern verging, ohne dass man mich brauchte. Ab und zu kam ein Brief aus Berlin. Ich erfuhr, dass Sven Hedin nicht mehr in seiner Heimatstadt Stockholm weilte. Er war in Eile nach Peking vorausgereist wegen Schwierigkeiten, die es dort gab. Ich konnte mir diese Schwierigkeiten nicht vorstellen, aber ich lebte von da an in großer Angst, sie könnten überhand nehmen und das ganze Unternehmen zum Scheitern bringen. Das Jahr 1926 ging zu Ende, und ich wartete noch immer.
Endlich, am 4. Januar 1927, kam das erlösende Telegramm, das mich nach Berlin berief. Dort hatte die Deutsche Luft Hansa die Vorbereitung in der Heimat übernommen. Nun erfuhr ich auch, weshalb es Schwierigkeiten gegeben hatte und warum die chinesische Regierung so lange gezögert hatte, unsere Pläne zu genehmigen. Sven Hedin hatte sie in Peking offen dargelegt: Es sollte erkundet werden, ob man die Wüste Gobi und anschließend die Wüste Takla-Makan überfliegen könne. Dazu brauchte man eine genaue Kenntnis der Witterungsverhältnisse Zentralasiens, von denen man

bis dahin wenig wusste. Es sollten daher an vier bestimmten Plätzen Wetterbeobachtungsstationen eingerichtet werden, die ein bis zwei Jahre lang arbeiten sollten. Außerdem mussten Flughäfen und Notlandeplätze mit Wasservorkommen erkundet werden, um eine später einzurichtende Flugverbindung Deutschlands mit China zu ermöglichen. Das war ein Plan, der auch andere Länder interessierte, und deshalb hatte es Schwierigkeiten gegeben. Jetzt waren sie fürs Erste behoben. Die chinesische Regierung hatte die Erlaubnis zur Expedition erteilt. Sie hatte auch rein wissenschaftliche Forschungsarbeiten erlaubt, an denen sich chinesische Gelehrte und Studenten beteiligen sollten.

In Berlin wurde ich in mein Amt eingeführt, und auf einmal war alles eilig. Ich übernahm das Geld, und ich übernahm das bereits gekaufte Material. Es bestand aus 48 Kisten, in denen alles war, von dem man sich vorstellte, dass es auf der Reise gebraucht würde. Vom Bleistift bis zum Chronometer im Kardangehäuse war an alles gedacht. Es gab vier vollständige Ausrüstungen für die geplanten Wetterbeobachtungsstationen und eine fünfte für die Beobachtungen unterwegs. Es gab eine Arztausrüstung und einige gewöhnliche Sanitätskästen, es gab Vermessungsinstrumente und Jagdwaffen, und es gab eine Bibliothek. Alles zusammen bildete den europäischen Grundstock. Die Lebensmittel, die Zelte und das übrige Zubehör für eine Karawane sollten in China gekauft werden. Wir sagten: »Drüben.« Drüben konnte man das Fehlende leichter bekommen als in Berlin. In Berlin gab es kein Geschäft, in das man hätte gehen

können und sagen: »Ich bitte um einen Kamelpacksattel.«
Im Januar reisten wir nacheinander über Moskau mit der sibirischen Eisenbahn nach Peking. Ich hatte das Hauptbuch bei mir und die Listen über den Inhalt der 48 Kisten, und ich genoss die Reise in dem Hochgefühl, dass alles in bester Ordnung war. Wenn einer damals kam und mich fragte, wo es eine staubdichte Uhrkapsel gebe, schlug ich die Liste »Persönliche Bedarfsmittel« auf und sagte: »Mach die Kiste 27 auf. In der Mitte befindet sich eine graue Pappschachtel, und in der Pappschachtel sind vierundzwanzig staubsichere Uhrkapseln.« So ordentlich war alles beisammen. Es sollte nicht lange dabei bleiben.
Am 19. Februar 1927 kamen die letzten Teilnehmer der Expedition in Peking an. Das war gerade an Sven Hedins Geburtstag. Der große Forscher war 63 Jahre alt geworden, und nicht nur die Leute in Peking wussten das. Auf dem Tisch seines Hotelzimmers häuften sich die Glückwunschtelegramme aus der ganzen Welt.
In diesem Hotelzimmer war das Hauptquartier der Expedition. Von hier aus wurden jetzt zwei Einkäufer nach Tientsin gesandt, um die Lebensmittel zu besorgen. Einer von ihnen sprach Chinesisch und der andere Englisch. Englisch konnte jeder von uns, das war selbstverständlich. Die meisten sprachen auch Französisch, und einer konnte fließend Russisch. Sven Hedin sprach alle diese Sprachen fließend, er sprach Deutsch wie wir, und obendrein konnte er Türkisch und Persisch. Für Mongolisch war der alte Larson zuständig. Er lebte seit vierzig Jahren in der Mongolei und in China. Deshalb reis-

te er als Erster nach Paotou voraus, um die Zelte zu bestellen und die Packsättel anfertigen zu lassen. Denn von Paotou aus sollte die Reise beginnen. Das Riemenzeug und die Reitsättel wurden in Peking gekauft.
Zum Schluss musste das Geld gekauft werden. Wie überall in der Welt gab es auch in Peking Papiergeld. An manchen Tagen stieg es um einige Cents im Kurs, an anderen Tagen fiel es. Meistens fiel es. Nur das Silbergeld behielt seinen Wert, und wenn man es haben wollte, musste man ein Aufgeld bezahlen. In der Mongolei wollten die Leute nur bares Silber haben. Sie nahmen kein Papiergeld, und wenn man ihnen gute amerikanische Dollarnoten gegeben hätte. Also mussten wir Silber kaufen. Das dauerte auch einige Tage, denn so viele Silberdollars, wie wir brauchten, hatten die Banken nicht vorrätig. Schließlich bekamen wir 24 000 Stück zusammen. Das waren acht Kisten Geld, und in jeder Kiste waren 3000 Silberdollars. Sie waren so groß wie alte Fünfmarkstücke.
Alles konnte man in China bekommen, nur eines nicht. Zum Füllen der Pilotballone brauchte unser Meteorologe Wasserstoff. Er brauchte ihn unbedingt, denn mit den Pilotballonen kann man die Windgeschwindigkeit und die Veränderung der Windrichtung bis in große Höhen verfolgen. Aber Wasserstoff gab es nur in Japan, und als wir ihn in Japan gekauft hatten, gab es keinen einzigen Schiffskapitän, der den Transport der gefährlichen Stahlflaschen übernehmen wollte. Es waren 38 Stück. Schließlich fand sich ein mutiger Mann. Er besaß ein kleines Küstenfahrzeug, mit dem er die Stahlflaschen glücklich nach Tientsin brachte. Sie

waren heil geblieben, und sein Schiffchen war unbeschädigt geblieben. Auch später auf dem Kameltransport, als man die Stahlflaschen wegen der Hitze in Filzdecken und Strohmatten einrollen musste, ist keine explodiert.

Mittlerweile waren auch die chinesischen Inlandspässe fertig geworden, auf denen geschrieben stand, welche Provinzen des Riesenreichs wir betreten durften. Diese Pässe musste man haben, auch wenn man sie nur selten oder gar nicht brauchte. Gewöhnlich genügte die Visitenkarte. Sie war beiderseitig bedruckt, einmal europäisch und einmal chinesisch, so dass jeder sehen konnte, wer man war. Man gab dem Offizier, der die Züge kontrollierte, eine Visitenkarte, man händigte sie den Wachsoldaten ein, die die Stadttore bewachten, und man überreichte sie jedem, mit dem man zu tun hatte. Die Visitenkarte ersetzte in schönem Vertrauen den Pass, und obendrein erhielt man eine andere als Gegengabe. Mit der Zeit hatte jeder eine hübsche Sammlung davon.

Im Lauf des April übersiedelte die Expedition nach Paotou. Paotou ist eine kleine Stadt am Rand der Mongolei. Es gibt dort eine Bahnstation, aber es ist die letzte. Wer weiterreisen will, muss zusehen, wie er das am besten besorgt. Wir hatten mitten in der Stadt einen Hof gemietet. In den vielen kleinen Zimmern, die ihn umgaben, schlugen wir die Feldbetten auf, und im Hof stapelte sich das Warenlager. Es wurde mit großen Zeltplanen zugedeckt. Dann begann das Umpacken. Wer je eine Expedition mitgemacht hat, weiß, was das bedeutet. Es wiederholt sich beinahe täglich. Meine schönen Listen kamen dabei in solche Verwirrung, dass ich

sie zerriss und neue schrieb. Auch das wiederholte sich noch oft.
In Paotou beschäftigten wir die gesamte Tischlerinnung mit der Herstellung von Transportkisten. Sie waren alle ganz gleich und gerade so breit und hoch, dass sie sich dem Kamelrücken gut anpassten. Die Kisten mussten auch gleich schwer sein. Nach dem Verpacken wurden sie gewogen, und wo etwas zu viel war, wurde es herausgenommen und in eine andere Kiste verpackt. Bald konnte ich nicht mehr genau sagen, wo etwas zu finden war.
Als am 20. Mai die Karawanenglocken läuteten, verließen wir Paotou mit 300 gemieteten Kamelen. Sie beförderten eine Last von mehr als 40 Tonnen. Es war ein herrlicher Anblick und ein gewaltiges Durcheinander.
Das besserte sich, als wir unsere eigenen Kamele kauften. Da waren wir in der Mongolei, und wir konnten sie uns aussuchen. Ein gutes Kamel, das für eine lange Wüstenreise taugt, soll drei bis vier Jahre alt sein. Es kostete 60 bis 70 Silberdollars. Wenn wir aber schon bezahlen wollten, kamen die schlauen Mongolen und zeigten die schönsten und stärksten Tiere, die sie uns bis dahin verheimlicht hatten. Die kosteten dann 100 Silberdollars. Wir ließen uns zum Ankauf Zeit. Wir hatten ein Standlager an einem Bach bezogen, die Wetterstation arbeitete, und die geographische Ortsbestimmung wurde mit Hilfe der Zeitzeichen aus Nauen oder Bordeaux ermittelt. Es wurde auch wieder umgepackt. Als wir die notwendigen 300 Kamele gekauft hatten, galt es, die einheimischen Kameltreiber anzuheuern.
Wir brauchten etwa zwanzig Mongolen. Im ersten

Augenblick scheint es schwer zu sein, die richtigen zu finden. Es ist aber nicht schwer. Man muss bloß einen älteren zuverlässigen Mongolen kennen. Dem sagt man dann, dass er die übrigen neunzehn anwerben soll, und gleichzeitig ernennt man ihn zum Obmann der zukünftigen Mannschaft. Nach ein paar Tagen ist sie beisammen. Sie verträgt sich großartig, und alles geht reibungslos, denn der Obmann hat nur solche Männer mitgebracht, die sich ihm freiwillig unterordnen. Wer sich die mongolische Mannschaft selbst aussuchen wollte, würde schon nach wenigen Tagen eine Palastrevolution erleben, und einer nach dem andern würde schimpfend das Lager verlassen. So aber hat man eine Versammlung von Söhnen, Vettern, Onkeln und Neffen des Obmanns, und alle folgen ihm als dem anerkannten Oberhaupt.
Auf den Vorschlag Larsons hatten wir den alten, uns allen unvergesslichen Märin zum Obmann der Mongolen ernannt. Als wir zur großen Wüstenreise aufbrachen, läuteten zwar keine Karawanenglocken, denn die Mongolen reisen lieber ohne Geläut. Dafür hatten wir eine Mannschaft beisammen, die sich durch Jahre bewährte. Man hätte mit ihnen bis ans Ende der Welt ziehen können.

Sven Hedin persönlich

Viele Jahre lang dachte ich an eine Reise in ferne Länder, die wenig mit der Zivilisation zu tun haben sollten. Ich dachte unablässig daran, und das half. Im Januar 1927 wurden in meinen Pass verschiedene Visa eingetragen, ich bekam eine Ausrüstung, eine Fahrkarte für Schlafwagen, und ich bekam einen Chef, wie ich keinen mehr hatte. Er hieß Sven Hedin. Als ich in seine Mannschaft eingereiht wurde, kannte ich ihn noch nicht, denn er war nach Peking vorausgereist. Aber er hatte mir zwei Bücher dagelassen, die ich unterwegs las. Sie berichteten von seiner Fahrt »Durch Asiens Wüsten«, und ich bekam eine Ahnung davon, wie es dort zuging, doch den Verfasser lernte ich dadurch nicht kennen. Er verbarg sich hinter einem sachlichen Bericht, und wenn er von sich sprach, redete er von anderen.

Als ich die Bücher ausgelesen hatte, kam ich in Peking an. Ich stand am Wagenfenster, und ich sah die dunkle Stadtmauer, das schwarze Wassertor und eine Menschenmenge, von der sich die Hälfte anschickte, den einfahrenden Zug zu stürmen. Er hielt noch nicht, da rannten schon die ersten Gepäckträger durch die Gänge und schoben die Abteiltüren auf. Einer bemächtigte sich meines großen Tropenkoffers, und weil ein anderer mir

den kleinen aus der Hand nehmen wollte, riss er geschwind auch den an sich.
»Sehr gut!«, schrie er mich an, und dabei hieb er auf das Blech, »ich sehen, sofort ich alles wissen.«
Dann kämpfte er sich zum Ausgang durch. Er hatte Übung darin, er war kräftig, und so gelang es ihm auch. Wahrscheinlich nahm er an, dass ich ihm folgen würde, denn er schaute sich nicht nach mir um. Als er den Bahnsteig erreicht hatte, lief er keuchend mit seiner Beute weiter. Andere, die leer ausgegangen waren, wollten sie ihm streitig machen, aber er schüttelte jeden ab. Er lief unglaublich flink mit dem schweren Gepäck, und als ich ihn zum letzten Mal erblickte, schlug er die Richtung zum Wassertor ein. Dann verschwand er in dem Gewimmel der Kisten und Bündel schleppenden Männer. Im Wassertor war das Durchkommen noch schwieriger. Es war voll mit Rikschas und mit Menschen, und außerdem war es dunkel. Ein paar Mal wurde ich am Mantelärmel festgehalten und von Rikschamännern zum Einsteigen aufgefordert, aber ich machte mich frei. Wenn ich erst auf der Straße war, würde ich meinen Gepäckträger einholen. Ich glaubte aber nicht mehr, dass er einer war; ich hielt die beiden Koffer für verloren. Endlich hatte ich das Wassertor hinter mir und stand am Rand der Rasenfläche, die dort die Straße säumte. Der strahlende Abendhimmel blendete die Augen. Ich beschattete sie und erblickte meine beiden Tropenkoffer auf dem Sitz und auf dem Trittbrett einer Rikscha, die eben davonrollte. Der kleine Chinese, der das Wägelchen zog, lief wie ums Leben. Wenige Schritte vor mir stand mein Gepäckträger. Er sprach ein gutes Pidgin-Englisch, und er lächelte mir zu.

Neben sich hatte er eine Rikscha stehen, die frisch lackiert war. Der schwarze Lack und die polierten Messingstangen glänzten, und auf der Rückenlehne lag ein weißes Deckchen mit Spitzen.
Der Mann wischte sich den Schweiß von der Stirn, und er sagte: »Ich alles wissen.«
Dann fuhren wir los. Als er mich in dem Hotel ablieferte, wohin ich gehörte, standen die beiden Koffer bereits in der Halle. Ich langte nach dem Geldbeutel, aber mein Rikschamann sagte: »Tag noch nicht zu Ende. Ich draußen warten. Neun Uhr fahren nach Peking-Hotel. Großer alter Mann Geburtstag.« Er wies auf den Kalender, der in der Portiersloge hing, und er sagte: »Ich alles wissen.« Dann ging er. Das Kalenderblatt zeigte den 19. Februar, und jetzt fiel mir ein: Es war der Geburtstag Sven Hedins.
Von da an gehörten wir zusammen, mein Rikschamann und ich. Am Abend holte er mich ab, und weil für mich ein Fest bevorstand, hatte auch er seinen besten schwarzen Ischang angezogen. Beim Laufen hing er ihn über die Deichselstangen und hielt ihn dort fest.
Im kleinen Festsaal des Peking-Hotels standen die Geladenen in Gruppen um die wenigen Damen, die es gab. Sie waren im großen Abendkleid erschienen und die Herren im Frack, denn damals gab man in Peking viel darauf. Ich war als der letzte Expeditionsteilnehmer eben aus Europa gekommen. Von den Kameraden kannte ich nur wenige, und so verging die Zeit mit Vorstellen und mit den ersten Worten Englisch, die ich zusammenhängend sprechen musste. Nach einer halben Stunde wurde es still.

Die Flügeltür war aufgegangen. Professor Andersson hatte sie geöffnet, und neben ihm stand Sven Hedin im schwarzen Anzug. Er war ein mittelgroßer unauffälliger Mann, dem man die dreiundsechzig Jahre ansah, die er gerade vollendet hatte. Auch darin machte er keine Ausnahme. Er hatte einen angegrauten Schnurrbart, und er trug einen altmodischen Kneifer, hinter dem die Augen überrascht auf die konventionelle Feierlichkeit blickten. Er schien bereit, sie hinzunehmen, doch da kam einer gelaufen, der die Wartezeit anscheinend woanders verbracht hatte. Die letzten Schritte legte der Mann mit dem schaukelnden Gang der Riesen und mit ausgebreiteten Armen zurück. Er rief »Hurreh« wie ein Russe, er wedelte mit den mächtigen Händen, bückte sich und lag in den Armen Hedins. Sie patschten sich gegenseitig den Rücken, und ich glaube, sie küssten sich. Der Riese war der alte Larson. Die Freude, den Freund Sven am Geburtstag wieder zu sehen, lag breit über seinem Gesicht.
An der Festtafel saß Larson neben mir. Wir aßen, und Andersson hielt die Geburtstagsrede auf Schwedisch. Nachher sprach eine Dame lange Zeit englisch, und dann kam der Sekt.
Sven Hedin stand auf. Er rückte den Kneifer zurecht, er lächelte der Dame zu, die gesprochen hatte, und er dankte ihr mit einer englischen Ansprache. Wir tranken auf das Wohl der Damen. Nachher antwortete Hedin auf Anderssons Rede, und wir leerten das zweite Glas. Hedin blieb noch immer stehen. Jetzt sprach er deutsch. Er sagte: »Meine Herren! Wir haben eine große Reise vor. Das ist ein beglückendes Gefühl für jeden von uns. Irgendwelche Erwartungen knüpft selbst ein phan-

tasiearmer Mensch an eine Ortsveränderung, und ich glaube, dass diese Erwartungen sogar bei einem geborenen Pessimisten froher Natur sein müssen. Nur um leidige Erfahrungen zu sammeln, hat sich noch keiner zu einer Reise entschlossen. Wir aber, meine Herren, zählen zu dem frommen Orden der Optimisten ...«

»Bravo!«, rief Andersson, und ein Beifallssturm brach los.

Hedin stand noch immer. Er versuchte, die Begeisterung einzudämmen, und erinnerte daran, dass das Zeitalter der Pioniere vorüber sei. Alle hörten ernst zu, aber Larson lächelte. Er sprach nicht Deutsch, und außer »O du lieber Augustin« konnte er nichts sagen. Aber er verstand Deutsch.

»Was lachst du da, Frans August?«, fragte Hedin über den Tisch.

Larson wurde rot. »Weil du und ich nie was anderes als Pioniere sein werden«, sagte er schwerfällig und amerikanisch, damit es alle verstanden.

Jetzt gab es noch mehr Beifall, und Larson, der Mongolenherzog, musste aufstehen und sich feiern lassen.

Als die Reden zu Ende waren, führte mich Walz zu dem Sofa, auf dem der Chef saß. Er reichte mir beide Hände zum Willkomm. Ich hatte das nicht erwartet, und Hedin merkte mir das an. »Sie gehören doch zu uns«, sagte er lächelnd, »kommen Sie morgen zum Mittagessen, es gibt eine Menge für Sie zu tun.«

»Mittagessen ist nicht Mittagessen«, belehrte mich Dr. Hummel, der Arzt. »Komm um neun Uhr abends, das ist die richtige Zeit. Um halb zehn wird gegessen. Worüber wunderst du dich?«

»Über die Zeiteinteilung.«
»Ach so!«, sagte Hummel. »Setz dich, ich will dir alles der Reihe nach erklären.«
Ich setzte mich gehorsam, und Hummel begann: »Die Frühaufsteher«, sagte er, »sind bedauernswerte Leute. Während sie noch beim Kaffee sitzen, bekommen sie eine Menge Telegramme, einen Haufen Briefe und ungezählte Telefonanrufe. Es ist kein Wunder, dass sie gegen vier Uhr nachmittags zur Hälfte erledigt sind, während Hedin um diese Zeit munter wird und aufsteht. Um fünf Uhr frühstückt er, und dabei liest er die Post und empfängt die ersten Besucher. Vergiss nicht«, sagte Hummel, »dass die Besucher zu den Halberledigten gehören, denn sie sind Frühaufsteher wie wir alle. Der Chef aber ist frisch. Um halb zehn Uhr abends beginnt das Mittagessen. Für uns ist das eine späte Abendmahlzeit. Nachher fängt Hedin an zu arbeiten. Niemand stört ihn, kein Telefon läutet, und die Besucher liegen erschöpft in ihren Betten. Er allein ist wach. Schon die Gewissheit, dass die meisten Menschen schlafen, hat etwas Beruhigendes. Das ist, was ich dir sagen wollte, und es gibt im Ganzen nur einen Augenblick, an dem du aufpassen musst.«
»Auf wen?«
»Auf dich selbst«, sagte Hummel. »Wenn der Chef dich nach elf Uhr in ein Gespräch verwickelt, bist du verloren. Vor Tagesanbruch kommst du dann nicht ins Bett. Es kann auch später werden.«

Ich passte nicht auf. Ich wollte die denkwürdigen Nachtsitzungen mitmachen, und ich ließ keine aus, sooft sich eine Gelegenheit bot. Drei oder vier Unentwegte waren immer dabei.

Einmal aber war ich allein mit Hedin, und das war in Kalgan. Kalgan ist eine gute Stadt. Man spürt die Nähe der Mongolei. Die Sterne glänzen dort heller, der Schnee knirscht besser, die Luft ist beißend kalt, und die Schnäpse, die man trinkt, sind scharf. Man bekam sie in der Kneipe, die ein verzweifelter Weißrusse aufgemacht hatte. Außer dem Wirt gab es selten andere Gäste. Die famose Wirtschaft hieß »Zum Pionier«, und sie lag vor dem Stadttor, nicht weit vom Bahngleis. Fast jeden Tag kam ich dort vorbei, denn wenn man zehn Minuten zwischen den Schienen weiter ging, erreichte man einen Hof mit hohen Mauern. Viele Stallungen waren darin und zwei Wohngebäude. Der Hof gehörte Frans August Larson, dem Mongolenherzog, und wir waren seine Gäste.

»Die Nacht ist zum Schlafen gemacht«, sagte Larson an jedem Abend.

Dann sagte Hedin: »Gute Nacht, Frans August!«

Wir gingen zusammen über den mondbeschienenen Hof ins Gästehaus. Auf den Dächern lag Schnee, und von den Traufen hingen Eiszapfen. Im Zimmer Hedins brannte Licht, der Ofen war herrlich in Gang, Kisten und Koffer standen herum, und auf dem Boden lag ein Schlafsack. Es gab auch eine Art Schreibtisch, auf dem das wilde Durcheinander von Papier und Büchern herrschte, das Ordnung bedeutet. Hedin setzte sich an seinen Arbeitsplatz, und ich setzte mich daneben. Dann rauchten wir erst einmal, denn in Larsons Wohnstube war das Rauchen verpönt.

»Rauchen Sie noch immer Zigaretten?«, fragte ich.

»Ich mag nicht mehr wechseln«, sagte Hedin. »Früher rauchte ich Zigarren. In Persien gab es welche. Ah! Gute, viel zu gute und schwere Zigarren. Aber in Turkestan gab es dann keine mehr, und von Persien konnte ich sie nicht mitnehmen. Sie brauchten zu viel Platz. Es ist wie mit den Büchern. Die nehmen auch viel Platz ein, und außerdem sind sie zu schwer zum Mitnehmen.«

»Wenn man allein reist«, sagte ich.

»Und wenn man nicht viel Geld hat«, fügte Hedin hinzu. »Aber man kann sich helfen. Es gibt ein wunderbares Mittel. Ich will nicht sagen, dass ich es erfunden habe; es kam so zu mir. Lieben Sie Gedichte? Sie können ruhig ›Ja‹ sagen.«

Da gab ich es zu.

»Ich liebe Gedichte über alles«, fuhr Hedin fort. »Prosa schreibe ich selber, nüchterne und sachliche Prosa, wie es sich für mich gehört. Glauben Sie aber deshalb nicht, dass ich die Phantasie verachte. Der tragische Ritter der Mancha hat mich auf vielen Fahrten begleitet und Gösta Berling auch. Nicht bloß, weil ich ein Schwede bin, sondern weil die Wirklichkeit im Gösta Berling durch eine kühne Vorstellung ersetzt wird von Personen, die es nicht gibt, und von Umständen, die es niemals geben wird. Das ist die vernünftigste Art der Darstellung. So sollte einer Reisebeschreibungen machen.«

»Was käme dabei heraus?«

»Die größtmögliche Wahrheit. Man käme bis auf Büchsenschussnähe an sie heran. So aber bleibt es bestenfalls Wissenschaft.«

»Und Ihre Erfindung?«

»Die hat mit Gedichten zu tun. Sehen Sie her!«

Er wies auf die Bücherbarrikade am Boden neben dem Kopfende des Schlafsacks. Er sagte: »Das sind meine Lieblingsdichter. Ich habe sie nie mitnehmen können. Sie taten mir Leid, aber sie wogen zu schwer. Jedes Mal trennten wir uns mit Schmerzen. Wenn die Trennung lange dauerte, vergaß ich die Zurückgelassenen manchmal, bis mir im Zelt oder im Sattel ein Vers einfiel oder auch bloß ein halber. Dann suchte ich nach dem Fehlenden, und wenn ich es fand, war ich glücklich. Ich konnte kaum erwarten, bis ich daheim oder hier bei Larson nachprüfen konnte, ob ich die richtigen Worte in die Lücken gestellt hatte. Das sollte mir nicht mehr passieren. Die Franzosen sagen, man wisse ein Gedicht ›par cœur‹, und damit war meine Erfindung gemacht. Von da an las ich meine liebsten Gedichte viele Male hintereinander. Beim ersten Mal sprach das Herz das Gedicht mit, beim sechsten Mal hatte es die Verse aufgeschrieben. Mit den Jahren wurde eine ansehnliche Gedichtsammlung daraus!«

»Bitte lesen Sie mir aus Ihrer Sammlung vor.«

Sven Hedin lächelte. »Ich beginne mit Ihren Landsleuten«, sagte er, und dann sprach er das herrliche deutsche Gedicht: ›Der Mond ist aufgegangen‹. Viele folgten, Franzosen und Schweden, Amerikaner und Engländer, und er schloss mit Kiplings ›Road to Mandalai‹.

Das Gedächtnis Sven Hedins behielt aber nicht nur Gedichte. Das erfuhr ich auf unserer Reise in Turkestan. Nach eineinhalbjähriger Wanderung durch die Wüste Gobi ging uns in Urumtschi das Geld aus. Der Gouverneur des Landes borgte gern, weil er sein Konto in Tientsin mit guten Dollars auffüllen wollte und weil er überzeugt war, dass meinem Telegramm an die Bank in Peking die sofortige

Überweisung folgte. Allein die Bank rührte sich nicht. Ich telegrafierte ein zweites Mal, und ich spürte das Misstrauen des Gewaltigen und wie er zurückhaltend wurde, als wieder nichts erfolgte. In meiner Not ging ich zu Hedin.

»Haben Sie das Mädchen Paula vergessen?«, fragte er.

Eine schreckliche Ahnung stieg in mir auf. Ich hatte mit der Bank aus Sicherheitsgründen sechs Kennworte vereinbart. Sie begannen mit Paula und endeten mit Elsbeth. Einer der Namen sollte am Anfang jeder Geldüberweisung genannt werden. Der Chef wusste alles. Mir war sogar die Abmachung entfallen.

In Turkestan leben die Sarten. Sie sprechen Alttürkisch wie ihre Vorväter, und weil nie ein Fremder kommt, der ihrer Sprache mächtig ist, reden sie, was sie denken, haben das gute Gefühl, man verstehe sie nicht, und sind fröhlich. Manche unter ihnen sprechen auch Russisch oder Chinesisch. Sven Hedin aber sprach alle drei Sprachen und besonders gut das Alttürkische. Doch das wussten die Einwohner von Durbuldschin nicht. Sie versammelten sich im Hof des Bürgermeisters, der ein gebildeter Mann war, Russisch sprach und uns mit freundlichen Worten in seine Stube bat.

In der Stube war es warm, und wir tranken heißen Tee; da wurde uns ganz warm. Vor dem Fenster hatte sich derweil ein Kreis von Männern gebildet, die zuhörten, was der Bürgermeister ihnen sagte. Er sprach alttürkisch, und hin und wieder sagte ein anderer auch ein Wort. Sie berieten eine schwierige Sache, denn wir hatten schnelle Pferde und

leichte Wagen nötig, und für jeden Wagen brauchten wir einen Kutscher.
»Bitte«, sagte Hedin, »öffnen Sie das Fenster, es ist furchtbar warm hier.« In diesem Augenblick sparte die Expeditionskasse dreihundert Lan, weil der Nutzen einer Fremdsprache groß für den ist, der sie versteht.
Es dauerte aber noch eine Weile, bis sich das zeigte, und der Chef schwieg. Erst als der Bürgermeister wieder in die Stube trat, wurde es unterhaltend. Er seufzte sehr, und er sagte auf Russisch, dass das Leben nicht leicht sei, und besonders schwer sei es in Durbuldschin, wo alle außer ihm nur Alttürkisch redeten, und kein Fremder verstünde diese Sprache. Da gäbe es leicht Missverständnisse. Hedin bestätigte ihm das willig und ebenfalls auf Russisch. »Ihr braucht fünf Wagen«, begann der Bürgermeister, »und das ist viel. Das sind fünfzehn Pferde, und fünfzehn Pferde fressen eine Unmenge Heu, weil die Nächte noch kalt sind. Die fünf Kutscher haben aber auch kalt, und daran muss man denken, wenn man den Preis verstehen will. Er ist niedrig, denn wir verlangen aus Freundschaft bloß hundert Lan für einen Wagen mit Pferden. Weil ihr aber in der Nacht fahren wollt, braucht man Laternen, und weil in der Nacht die Kutscher schlafen, werden einige Pferde die Beine brechen. Deshalb muss man ein bisschen besorgt sein, und das kostet zwanzig Lan mehr.«
»Allah ist groß!«, rief Hedin. Er rief aber nicht russisch, denn Allah kann man nur alttürkisch anrufen. Der Bürgermeister erschrak, doch er hoffte, es sei weiter nicht schlimm. Ausrufe lernt jeder einmal.

»Es gibt keine Macht und keine Herrlichkeit außer bei Allah dem Mächtigen, Großen«, fuhr Hedin fort. »Hast du nicht vorhin im Hof gesagt, dass ein Wagen mit Pferden, Kutschern und Laternen sechzig Lan kostet? Es ist ein guter Preis, hast du gesagt, und so wollen wir ruhig das Doppelte verlangen. Geh mit Gott, mein Freund, und lass anspannen. Wir zahlen den einfachen Preis und ein gutes Trinkgeld, wenn die Kutscher nicht schlafen und wenn die Pferde keine Beine brechen.«

»Allah ist groß«, sprach der Bürgermeister mit Fassung, »sie werden es nicht tun.«

Sie taten es auch nicht, und weil wir mit den Kutschern zufrieden waren, fuhren wir mit ihnen weiter bis zu dem vergessenen Grenzposten Kusiumsk-Pereval, wo China aufhörte und Russland begann. Kusiumsk-Pereval liegt im Altai, aber es steht auf keiner Landkarte. Damals bestand es aus drei Häusern, in denen ein Leutnant, zwanzig Mann und zwei Zöllner sich langweilten.

Zunächst ging ich mit den Pässen in das Zollhaus, und der Beamte tat, als ob er schrecklich viel zu tun hätte. Aber in Kusiumsk-Pereval braucht keiner was zu tun, nicht einmal ein Zöllner. Nachdem er einige Papiere auf einen andern Platz gelegt hatte, verräumte er alles Unnötige in der Tischlade, glättete mit dem Handrücken ein Stück rotes Löschpapier, und dann griff er nach dem Pass. Er las den Namen leise, gab sich einen Ruck und saß aufrecht.

Er las den Namen laut, und er schrie: »Fjedor Fjedorowitsch, komm heraus!«

Fjedor kam aus dem Nebenzimmer. Als er den Pass sah, schrie er auch.

»Ist es wahr? Ist es wirklich wahr? Der berühmte Doktor Gedin ist hier?«
Ich sagte: »Er sitzt draußen im Wagen.«
Fjedor rannte hinaus, und der andere, der Dimitri hieß, rannte ihm nach. Eine Weile stand ich allein in der Zollstube und betrachtete das Bild Lenins in dem alten Waschgoldrahmen, in dem früher ein Kupferstich gewesen war. Nachher hatten wir eine sehr angenehme Zollabfertigung.
Seit diesem Tag sind fünfundzwanzig Jahre vergangen. Sven Hedin ist gestorben, und auch in Kusiumsk-Pereval hat der Rundfunk die Todesnachricht verkündet. Vielleicht haben Fjedor und Dimitri sie gehört. »Er war ein großer Forscher«, werden sie sagen, »das weiß jeder. Aber wir wissen mehr; wir kannten ihn, und das macht einen gewaltigen Unterschied. Er war ein gütiger Mann; er fragte: ›Wie geht es euch in Kusiumsk?‹, und wir sagten: ›Es geht überhaupt nicht.‹ ›Ihr irrt‹, sagte der große Doktor Gedin, ›ihr seid Zöllner, ihr müsst besser aufpassen. Tagsüber singen bei euch die Lerchen, und nachts heulen die Wölfe. Ihr seid glückliche Menschen, wisst ihr das nicht?‹ ›Wir wussten es nicht‹, sagten wir, ›aber jetzt wissen wir es.‹ Da lächelte der Große Alte Mann, und er nickte uns zu, als er davonfuhr, und die Glöckchen seines Wagens läuteten. Bei uns im Altai hört man das lange.«

Die Überschwemmung

Das letzte Quartier in Tschugutschak versöhnte uns schnell mit den Strapazen der weiten Reise. Ein großer reinlicher Hof mit neun Wirtschaftsgebäuden und einem festen, aus Ziegeln erbauten Wohnhaus schien uns der Inbegriff alles Wünschenswerten zu sein. Als Besitzer stellte sich ein junger Russe vor: Alexej Alexandrowitsch. Er brachte uns in einen hellen, weiß getünchten Raum, wo wir unsere Schlafsäcke für die Nacht am Boden ausbreiteten. Dann führte er uns in eines der aus Lehm erbauten Vorratshäuser.

»Hier können Sie Ihre Koffer unterstellen.«

Wir bemerkten in dem dunklen Schuppen eine aus Mahagoni gefertigte Schlafzimmereinrichtung.

»Das ist«, sagte Alexej mit einem glücklichen Lächeln, »mein Schlafzimmer. In acht Tagen heirate ich. Kommen Sie, wir wollen jetzt einen Wodka trinken.«

Wir folgten seiner Einladung und betraten das Wohnhaus, zu dem einige Stufen hinanführten. Weil es ein schöner Abend war, setzten wir uns nachher auf die Steinstufen und plauderten. Im Westen zog ein Gewitter herauf. Es wetterleuchtete einige Male.

»Meine Herren«, dozierte Heider, »das hier ist das Quartier der Quartiere. Sehen Sie, wie sauber alles ist. Ich bin nicht rührselig, aber ein schönes Gefühl beschleicht mich, das Gefühl, eine Nacht vor mir zu haben, während der ich nicht gezwungen sein werde, auf Kleintierjagd zu gehen.« Während dieser Rede kam Hedin aus dem Hause und gesellte sich zu uns.

Über den Hof sahen wir Alexej Alexandrowitsch schreiten. Er schien freudig erregt.

»Kommen Sie«, rief er fröhlich, »ich habe Ihnen etwas zu zeigen, etwas sehr Interessantes. Otschin interesna, sage ich Ihnen.«

Wir folgten ihm alle.

Hinter seinem Anwesen floss ein Bach, der es gegen die Nordseite abgrenzte.

»Sehen Sie«, sagte Alexej, während wir nichts bemerkten, »sehen Sie doch das Wasser. Es steigt. Man sieht ordentlich, wie es steigt.«

Jetzt sahen wir es auch. Wirklich. Das Wasser stieg von Sekunde zu Sekunde. Man konnte es deutlich wahrnehmen.

»Alexej Alexandrowitsch«, sagte Dr. Hedin, »das ist gewiss sehr interessant, aber es wird besser sein, wir bringen unser Gepäck in Sicherheit.« Alexej erschrak.

»Glauben Sie? Glauben Sie das wirklich?«

»Ja«, sagte Hedin, »das glaube ich wirklich.«

Wir rannten über den Hof. Ein plötzlicher Windstoß riss die Tür zum Schuppen auf, es blitzte. Unser Gepäck blockierte den Eingang. Hastig begannen wir, es ins Wohnhaus hinüberzuschleppen. Der brave Alexej und seine Diener halfen aus Leibeskräften. Schon kamen die ersten Wasser über den Hof geronnen. Noch einige Kisten, und der Weg zu der kostbaren Schlafzimmereinrichtung stand offen. Da kam ein unheimliches Rauschen näher. In wenigen Minuten stand das ganze Anwesen knietief unter Wasser. Ein greller Blitz zerriss die eingetretene Dunkelheit. Ihm folgte ein fürchterlicher Donnerschlag. Dann goss es wie aus Kübeln. Wir mühten uns ein letztes Mal durch die reißenden Fluten zu dem Schuppen hinüber. Marschall wollte hinein. Da riss ihn Alexej zurück. Das Gebälk knackte, die Mauern wankten. Wir hatten gerade noch Zeit zurückzuweichen, ehe der ganze Bau zusammenkrachte. Schweigend schritten wir, uns an den Händen haltend, zum Wohnhaus zurück.

Dort war trotz der erhöhten Lage das Wasser eingedrungen und plätscherte melancholisch auf dem gescheuerten Bretterboden.

Alexej blickte traurig. Er ging zum Wandschrank und griff nach der Flasche. Hedin wollte ihm etwas Tröstendes sagen, doch Alexej machte eine abwehrende Handbewegung.

»Nitschewo, Gospodin Doktor«, sagte er. »Nitschewo.«

Er stellte lächelnd Gläser auf den Tisch und schenkte ein.

Gegen Mitternacht fiel das Wasser. Wir zogen unsere Stiefel an und wateten in den Hof hinaus. Von den neun Wirtschaftsgebäuden war keines stehen geblieben.

Es regnete noch immer.

Das rote Schlafzimmer

Alexandra saß auf dem strohgeflochtenen Sessel in der Wohnstube des Fell- und Getreidehändlers Gregor Wassiljewitsch.

»Du musst das für mich tun«, sagte sie, »alle Männer müssen den Mädchen, die sie heiraten wollen, einen Wunsch erfüllen. Hast du das noch nie gehört?«

»Doch«, gab Gregor zu, »aber der wievielte von deinen Wünschen ist das nun! Der erste war neue Wäsche.«

»Das war kein Wunsch, sondern eine Notwendigkeit«, fiel ihm Alexandra in die Rede, »überhaupt ist es kränkend für mich, wenn du mir Dinge vorhalten willst, die mit Geld zu tun haben. Schäme dich.«

»Alexandra, mein Täubchen, verzeih mir«, rief Gregor und küsste seine kleine schwarzhaarige Braut. Sie war hübsch und jugendlich. Niemand wäre es eingefallen, dass sie um volle zwei Jahre älter war als Gregor, der wie ein großer guter Junge neben ihr stand.

Vor einem halben Jahr war Alexandra mit ihrem Bruder auf der Irrfahrt durch das westliche China in den Grenzort Tschugutschak gekommen, wo Gregor einen Handel betrieb, den er von seinem Vater übernommen hatte. Dieser war im November 1917 gestorben, gerade zu der Zeit, als niemand

wusste, was aus Russland geworden war. Selbst der Konsul, der außerhalb der Chinesenstadt wohnte, wusste es nicht. Später lernte Gregor den Unterschied zwischen Rot und Weiß kennen, als die ersten Flüchtlinge über die Grenze kamen. Einige von ihnen blieben in Tschugutschak, die meisten zogen weiter, um ihr Glück in der Hauptstadt Urumtschi zu versuchen oder sich bis zur Küste durchzuschlagen.
Auch ganze bewaffnete Verbände waren eines Tages erschienen, sie predigten den Krieg gegen die Roten. Man müsse in die Mongolei reiten, sagten sie, dort sei ein neues Reich im Entstehen. Aber Gregor war in seinem Hof in Tschugutschak geblieben, der gegen die Straßenseite durch eine hohe Mauer geschützt war. Sie umschloss elf kleine Vorratshäuser aus Lehm und das feste, mit guten Ziegeln erbaute Wohnhaus. Die Rückseite des Hofes war offen, denn dort rauschte ein Fluss, der von den Bergen des Tarbagatai kam. Er war breit und tief genug, um als natürliches Hindernis zu gelten. Obendrein gab es seit langer Zeit bei Gregor nichts mehr zu holen. Der Fellhandel nach Russland war vollkommen lahm gelegt, und Gregor nahm jedes Gelegenheitsgeschäft wahr, um sich selbst, das Mädchen Andruschka und den Sarten Ibrahim erhalten zu können.
Als er gegen Ende des Jahres 1922 einen kleinen Getreidehandel anfing und Glück damit hatte, war er wenigstens der schlimmsten täglichen Sorgen enthoben. Um diese Zeit war Alexandra mit Pjotr nach Tschugutschak gekommen. Sie waren elend und halb verhungert. Gregor, der sich bei seinen chinesischen Freunden für die beiden verwendete,

erfuhr, dass der Gouverneur zum Betrieb der neuen Lastwagenstrecke nach Urumtschi russische Fahrer brauche. So war wenigstens Pjotr versorgt, und wenn er seinen Lohn nicht für Wodka gebraucht hätte, wäre auch Alexandra aus ihren ewigen Geldverlegenheiten herausgekommen.

»Ich will ja gar nichts für mich«, sagte sie, »diesmal ist es doch für uns beide. Schließlich musst du einsehen, dasss wir uns nicht auf den Fußboden legen können.«

»Gut«, erwiderte Gregor, »es gibt genug chinesische Schreiner in Tschugutschak. Warum müssen unsere Betten aus Mahagoni sein, und warum soll ich sie an der Grenze abholen? Du weißt, dass ich nicht mehr in Bachty war, seit die Roten drüben herrschen.«

»Du hast also Angst«, stellte Alexandra fest und stand auf. »Ein Mann soll sich niemals fürchten. Sieh meinen Bruder an.«

»Wenn er getrunken hat, spricht er wie ein siegreicher General.«

»Er ist ein Held«, rief Alexandra beleidigt, »er war der erste Offizier Semenoffs und hat mit Ungern-Sternberg zusammen Urga erobert.«

»Lassen wir das«, bat Gregor, »ich bin bereit, das Schlafzimmer abzuholen, aber sage dem alten Kamenew, dass ich nicht nach Bachty hineinfahre, er soll die Möbel diesseits der Grenze beim dritten Telegrafenpfahl abstellen.«

»Herrlich, wir werden ein Schlafzimmer haben, um das uns ein Großfürst beneiden würde. Es ist im Stil Ludwigs des Sechzehnten, und so billig, noch nicht ganze zweihundert Lan.« Alexandra hob ihre schmalen Arme, schlang sie dem großen Gregor um den Nacken, zog seinen widerstrebenden Kopf an sich und hielt ihn in ihren Händen fest. »Da, da, da«, rief sie und küsste ihn auf Mund und Augen. »Du böser Mann. Jetzt geh zu deiner Andruschka und erzähle ihr, was ich wieder angestellt habe. Sie wird sich freuen.«

»Willst du wirklich schon gehen?«

»Ich muss. Denke doch: Pjotr wird heute Abend zurückkommen und Hunger haben. Gib mir bitte noch zwei Lan, damit ich ihm etwas Ordentliches vorsetzen kann, ich wäre unglücklich, wenn ich ihm nur Kascha kochen könnte.«

Gregor zog zwei Scheine aus der Tasche, die sie mit spitzen Fingern entgegennahm. Sie waren schon recht abgegriffen.

»Also auf morgen Abend«, sagte er, »ich werde Andruschka bitten, uns das Nachtmahl zu bereiten. Wir wollen ein kleines Fest feiern.«

»O ja, jetzt bist du wieder gut. Vergiss nicht, dass ich keinen Wodka trinke. Nur ein Gläschen Cognac«, flüsterte sie ihm ins Ohr.

Gregor schloss das Hoftor auf, rief Ibrahim und befahl ihm, die Pferde anzuspannen. Als das Schellengeläut nach der Stadt zu verklungen war, kehrte er ins Haus zurück.

»Ich fahre morgen früh aus«, sagte er zu Andruschka, die gebückt neben dem Samowar stand und die Holzkohlen schichtete. Sie nickte, starrte in die rötliche Glut und: »Wie der Herr will«, entgegnete sie endlich in dem gleichgültigsten Ton der Welt.

»Deine Worte kommen nicht recht vom Herzen«, bemerkte Gregor. Er setzte sich auf die Ofenbank und blickte durch die Fensterscheibe nach der untergehenden Sonne. Andruschka richtete sich auf.

Sie war blond und blauäugig, ihre frischen Wangen waren rund wie die eines Kindergesichts.
»Mein Herz war groß und weit«, sagte sie, »jetzt ist es klein. Oft zieht es sich zusammen und tut weh. Vielleicht wird das besser, wenn ich von Euch gehe. Ich merke erst jetzt, wie schlecht es ist, allein auf der Welt zu sein.«
»Aber Andruschka, kleines dummes Schäfchen«, rief Gregor und trat auf sie zu, »morgen musst du wenigstens noch bei mir bleiben. Alexandra und ich wollen ein kleines Fest feiern, denn ich hole die Möbel für das Schlafzimmer. Sagte ich dir nicht schon, dass ich morgen ausfahren werde?«
»Ja, doch. Und wenn Euch das so viel Freude macht, will ich nicht dagegensprechen, obgleich der alte Kamenew nicht mein Freund ist.«
»Was weißt du davon?«, rief Gregor erstaunt, und Andruschka lachte nun doch ein wenig.
»Alles weiß ich. Heute früh, als ich in der Stadt war, erzählte mir Kamenew die ganze Geschichte. Ihr fahrt nach Bachty, dort bekommt Ihr die Mahagonibetten, billig sind sie und schön, kein Großfürst hat bessere. Aber trotzdem bitte ich Euch: Fahrt nicht hin. Der alte Kamenew ist der Einzige unter den Telegrafenbeamten, der es mit den Roten hält. Außerdem ist er mir unheimlich.«
»Du brauchst dir keine Sorge zu machen. Ich überschreite die Grenze nicht.«
»Dann ist es gut.« Andruschka nahm den Samowar, der zu rauchen begann, und wollte hinausgehen, aber Gregor nahm sie bei der Hand. »Du sollst mir sagen, warum du nicht mehr bei mir bleiben willst.«
Andruschka kamen die Tränen. »Ich weiß es auch

nicht. Wahrscheinlich ist es recht dumm von mir; aber sagt mir, als Ihr mich früher manchmal geküsst habt unter der Weide am Fluss oder im Geräteschuppen, war das nur zum Spaß?«
»Ja, das war nur zum Spaß«, sagte Gregor, ließ ihre Hand los und setzte sich wieder auf die Ofenbank.
Am andern Morgen, als er auf den Leiterwagen stieg, fiel ihm der Cognac ein. »Andruschka«, rief er laut; und als sie aus der Küche kam, befahl er ihr streng: »Vergiss nicht, einen guten Cognac zu besorgen, richte das Nachtmahl auf acht Uhr. Mach es gut. Du hast einen ganzen Tag Zeit dazu.« Dann wandte er sich zu den Pferden, Ibrahim knallte mit der Peitsche, und der Wagen rollte durch das weit geöffnete Hoftor. Bald war das Südende der Stadt erreicht, wo linker Hand das Gebäude des russischen Konsulats unter hohen Pappeln verborgen lag. Die rote Fahne auf dem Dach flatterte im Morgenwind. »Hast du Angst?«, fragte Gregor und deutete hinüber. Statt einer Antwort zuckte Ibrahim mit den Schultern und lachte geringschätzig. Ihm konnte nicht viel passieren, er war chinesischer Untertan, mochte sich sein Herr wegen der schönen Alexandra in Ungelegenheiten bringen, so viel er wollte. Was ging es ihn an!

Sie fuhren durch die Stadt. Am Wege lagen die großen Karawansereien, wo die Baumwollballen über die Umfassungsmauern aus Lehm hinausragten. Der fade Geruch von Ziegeltee lag in der Luft. Zwei Lastwagen standen auf der Straße, die bis über die Motorhaube mit Dreck bespritzt waren. »Der Ömil führt Hochwasser«, bemerkte Ibrahim zufrieden, »ich habe gehört, dass die Brücke bei

Durbuldschin weggeschwommen ist. Da müssen die ›Wagen des Gestanks‹ zu Hause bleiben.«

Hinter den Automobilen kam ein bleicher junger Mensch mit ölverschmiertem Gewand zum Vorschein. Seine schwarzen Haare hingen ihm wirr ins Gesicht. »Hallo, Pjotr«, rief Gregor, »schon so früh?«

»So spät, meinst du wohl!« gab Pjotr zurück, »vor zwei Stunden sind wir erst angekommen, der dritte Wagen liegt im Ömil.« Er lachte. »Und wo fährst du hin? Ah, ich weiß schon. Ich wünsche jedenfalls viel Glück.« Noch einmal lachte er kurz und gekünstelt, wie es seine Art war.

»Grüß mir Alexandra«, rief Gregor und gab Ibrahim ein Zeichen, weiterzufahren.

Als sie die Hauptstraße mit den chinesischen Läden und den zweistöckigen türkischen Basaren hinter sich hatten und die Stadt durch das Nordtor verließen, sagte Gregor: »Wir fahren nicht ganz bis zur Zollstation. Halte am dritten Telegrafenpfahl, dorthin wird uns Kamenew entgegenkommen.«

Die Pferde gingen in gleichmäßigem Trab. Weiß Gott, dachte Gregor, ich bin jetzt zehn Minuten unterwegs, und doch war ich auf dieser Straße seit fünf Jahren kein einziges Mal mehr. Er schaute zurück. Die Häuser von Tschugutschak wurden kleiner, man sah, wie der Ort an den Hängen der Vorberge des Tarbagatai klebte. Als die Straße eine Biegung machte, kam die Zollstation in Sicht und gleich dahinter der Ort Bachty selbst. Die niedere chinesische Lehmhütte stand nicht mehr als fünfzig Schritte von dem blechgedeckten russischen Zollhaus entfernt. Am dritten Telegrafenpfahl auf chinesischer Seite waren unordentlich einige Mö-

belstücke übereinander getürmt. Ein dunkelrot poliertes Nachttischchen stand am Wegrand. Auf ihm saß der alte Kamenew und rauchte. Gregor stieg vom Wagen. »Alles in Ordnung?«, fragte er.
»Will ich meinen«, gab Kamenew zurück, »bis auf die Bezahlung ist alles erledigt.« Das wurde in frechem, beinahe beleidigendem Ton gesagt, aber Gregor, der sich noch nicht von dem Staunen erholen konnte, dass dies hier ein glattes Geschäft wie jedes andere sein sollte, hörte nicht hin.
»Du weißt«, sagte er, »dass du das Geld von mir bekommst, aber hier, ich meine die Schwierigkeiten, der Zoll ... wie hast du das so schnell gemacht?«
Kamenew grinste. »Der liebe Gott ist hoch, und der Zar ist weit. Aber das ist kein Thema für eine Unterhaltung.«
»Aufladen!«, rief er und warf seine halb ausgerauchte Zigarette weg. Als er sah, dass sich Ibrahim nach ihr bückte, trat er rasch mit dem Absatz darauf. Die leichten Möbelstücke waren bald aufgeladen. Gregor war froh, dass er einige alte Säcke mitgebracht hatte, denn die Politur war gut erhalten. Es wäre schade um sie, dachte er, wenn ich mir schon ein Zimmer von Ludwig dem Sechzehnten kaufe, soll es ordentlich behandelt werden.
»Willst du mitfahren?« fragte er Kamenew.
»Wenn du beim Yamen vorbeifährst, ja, ich habe dort zu tun.«
Alter Wichtigtuer, dachte Gregor, laut sagte er: »Steig immer auf.« Er nahm selbst die Zügel in die Hand, Kamenew setzte sich neben ihn und steckte sich eine neue Zigarette an, Ibrahim ging hinter dem Wagen, um aufzupassen, dass nichts herunterfiel. Bevor sie die Wegbiegung erreichten, schaute

Kamenew noch einmal um und winkte zum russischen Zollhaus zurück, wo zwei Soldaten der Roten Armee am Schlagbaum lehnten. Sie erwiderten seinen Gruß.
»Man muss nur mit ihnen umzugehen verstehen«, sagte Kamenew, »mit guten Worten allein kommst du nicht nach Moskau.« Gregor schwieg, weil er wusste, dass es das beste Mittel war, um Kamenew zum Reden zu bringen.
Es ging bergauf. Die Morgensonne schien warm. Auf den Feldern, die in Terrassen zu den gradlinigen Kämmen der Hügelwellen anstiegen, arbeiteten Chinesen in blauen Leinenkitteln. Kamenew zog den Rock aus. »Man sollte nicht meinen, dass wir erst Mitte Mai haben«, sagte er.
»Die Sonne sticht«, entgegnete Gregor, »vielleicht gibt es ein Gewitter.«
»Das ist unmöglich«, rief Kamenew mit Überzeugung, »der Gobernator« (er meinte den Bürgermeister von Tschugutschak) »hat mich gestern rufen lassen. ›Kamenew‹, sagte er, ›tu mir den Gefallen, gehe nach Bachty und frage in der meteorologischen Station, wie das Wetter wird. Ich möchte die Schleuse am Staudamm öffnen lassen, denn die Frühjahrsbestellung ist vorbei.‹ ›Exzellenz‹, habe ich gesagt, ›das trifft sich vorzüglich, ich habe morgen früh sowieso in Bachty zu tun.‹ Nun siehst du, Gregor Wassiljewitsch, warum ich in den Yamen befohlen bin. Der Gobernator wartet schon auf mich.«
»Und was wirst du ihm sagen?« fragte Gregor, der Mühe hatte, ernst zu bleiben.
»›Alter Gebieter‹, werde ich sagen, ›die meteorologische Station meldet das schönste und bestän-

digste Wetter. Örtliche Störungen sind ausgenommen.«
»Also doch ein Gewitter«, warf Gregor ein.
»Eine Störung ist noch lange kein Gewitter! Schau hin, die alten Herrn sind wolkenlos.« Kamenew deutete auf die fernen Gipfel des Tarbagatai, die lichtblau über den Vorbergen standen.

Als sie in die Stadt einfuhren und Kamenew beim Yamen abgestiegen war, beschloss Gregor, den begonnenen Umweg fortzusetzen und die Hauptstraße zu meiden. Er malte sich aus, dass Alexandra am Fenster stehen würde, um nach ihm Ausschau zu halten. Gewiss ist sie neugierig und möchte das Schlafzimmer sehen. Vielleicht, dachte er, wird sie sogar gegen Mittag rasch zu mir kommen. Und er nahm sich vor, die Möbel einstweilen im Freien aufzustellen.
»Das geht nicht«, widersprach Andruschka, als er zu Hause ankam, »die Politur würde in der Sonne leiden.«
Gregor sah das ein. »Du bist das beste Mädchen«, sagte er, »du denkst an alles. Aber wohin damit?«
»Ins Gerätehaus«, schlug Andruschka vor, »wenigstens so lange, bis im Wohnhaus der neue Fußboden fertig ist.«
Sie ging voran, scheuchte die Hühner vom Gebälk und machte sauber. Dann trug Gregor ein Möbelstück nach dem andern sorgsam wie ein Heiligtum in den dunklen Raum. »Zudecken brauchst du sie nicht«, sagte er und nahm Andruschka die Wagendecke aus der Hand. »Das hat Zeit bis zum Abend. Ich denke, Alexandra wird heute Nachmittag zum Anschauen kommen.«

Gleich darauf bereute er das unvorsichtige Wort. Wenn sie nun nicht kommt!, dachte er mit Schrecken. Er ging über den Hof zum Wohnhaus und sah gedankenverloren den jungen Hunden zu, die in der Sonne spielten. Plötzlich fiel ihm ein, auf die Uhr zu schauen. Sollte sie bis drei Uhr nicht hier sein, werde ich sie abholen. Mit diesem männlichen Entschluss stieg er die drei Stufen zur Tür empor, die direkt in die Stube führte.

Punkt drei Uhr ging Gregor in den Stall, sattelte und nahm ein zweites Pferd am Zügel mit. Er wusste, dass Alexandra gut zu Pferde saß. Aber er klopfte an dem kleinen Haus in der Hauptstraße vergeblich. Sie sei mit ihrem Bruder im Auto weggefahren, wurde ihm von den Nachbarn berichtet. Zornig und niedergeschlagen kam Gregor nach Hause, wo er ein Briefchen auf rosa Papier vorfand.

»Ich bin mit Pjotr und den andern nach Durbuldschin gefahren. Dort steckt ein Lastwagen im Fluss, den wir holen müssen. Verzeih, dass ich heute Abend nicht kommen kann, aber es ist so lustig, über Land zu fahren. Bist du mir nun am Ende böse? Wenn du die Möbel bekommen hast und sie sind schön, dann wollen wir in zehn Tagen heiraten.«

»Ich verzichte«, rief Gregor so laut, dass Andruschka zur Tür hereinschaute.

»Mach die Cognacflasche auf«, sagte er, »und bring ein großes Glas.« Dann saß er lange auf den Stufen vor dem Haus.

Am Abend ging er in den Geräteschuppen, nahm die Wagendecke und breitete sie über die Möbel. Im Ausschnitt der Tür sah er, wie die untergehen-

de Sonne ein schwefelgelbes Strahlenbündel durch das Loch einer Wolkenbank sandte, die sich im Westen heraufschob. Hinter der Wand des Schuppens rauschte der Fluss. Der Gobernator hat die Schleuse geöffnet, dachte Gregor und ging zu der Weide, die sein Grundstück von dem des Nachbarn trennte. Dort stand Andruschka. »Der Fluss hat mein Waschbrett weggeschwemmt«, rief sie ihm entgegen, »man sieht, wie das Wasser steigt. Seht her, jetzt ist es an der großen gelben Dotterblume.«
»Wo?« fragte Gregor.
»Sie ist schon fort«, belehrte ihn Andruschka eifrig, »ihr müsst besser aufpassen.« Beide standen am Ufer und freuten sich an dem noch nie gesehenen Schauspiel, bis das Wasser ihre Schuhe netzte. »So hoch war der Fluss noch nie«, meinte Andruschka.
Plötzlich schrie sie laut auf. Sie hatte sich umgewandt und mit einem Blick die tiefer liegenden Teile des Hofes gestreift, die schon unter Wasser standen. Eben fuhr ein Blitz aus dem schwarz verhangenen Himmel und spiegelte sich grell in den Wasserlachen. Die ersten großen Tropfen fielen.
»Heilige Mutter Gottes«, rief Andruschka, »die Pferde!«
Sie rannte zu dem kleinen Stall, der in der andern Ecke des Hofes hart am Flussufer stand. Gregor folgte mit langen Sätzen und erreichte vor ihr die Lehmhütte, in die der reißende Fluss schon eingedrungen war. Die Pferde schlugen und zerrten an den Ketten, im Stall war es stockdunkel.
»Bleib draußen«, rief Gregor, »ich will versuchen, sie loszumachen.«
Während er sich auf die Krippe schwang, um vor den Hufen sicher zu sein, spürte er deutlich, wie

die Balken wankten. Endlich hatte er die letzte Kette durch den Ring gezogen. Im gleichen Augenblick löste sich ein Stück der Mauer und fiel platschend ins Wasser. Gregor sprang hinein, hielt sich am Türpfosten fest und kam glücklich ins Freie. Das Wasser ging ihm weit über die Knie. Es floss rauschend in breiter Front durch den Hof, als ob dort nie eine Mauer gewesen wäre. Gleichzeitig begann ein wolkenbruchartiger Regen niederzugehen, Schlag auf Schlag folgten Blitz und krachender Donner. In einiger Entfernung hörte Gregor Andruschkas Stimme. Sie befahl dem zitternden Ibrahim, Getreidesäcke aus den Vorratsräumen in das sichere Wohnhaus zu tragen. Bald darauf sah Gregor einen Schatten dicht vor sich, er erkannte Andruschka und hörte sie keuchen, so nah ging sie an ihm vorüber. Schon wollte er sich ebenfalls an der Arbeit beteiligen, als ihm die Möbel einfielen.

Er kehrte sofort um. Ein Blitz, der die nächste Umgebung erhellte, zeigte ihm den Weg. Fast dünkte ihn, als habe er auch den Geräteschuppen wanken sehen, aber das mochte Einbildung sein. Hinter sich hörte er, wie etwas Schweres ins Wasser fiel. Wahrscheinlich war Andruschka der Sack vom Rücken gefallen. Das war jetzt gleichgültig, wenn er nur noch die Möbel retten konnte. Wieder zerriss ein Blitz die Dunkelheit. Er stand jetzt ganz nahe vor dem Tor des Geräteschuppens, das die Flut aufgerissen hatte. Für einen Augenblick sah er die aufeinander gestellten Tische und Kästen. Vor ihm schwamm das Seitenteil eines Bettes. Er wollte danach greifen, als ihn eine Hand im Nacken fasste und zwei Schritte zurückriss. Zugleich sah er, wie sich die Finsternis vor ihm bewegte.

»Zurück!«, schrie er entsetzt und riss beinahe Andruschka um, die hinter ihm stand und ihn noch immer nicht losließ. Sein Ruf ging im Krachen der Balken und im Stürzen der Mauern verloren.

Nach wenigen Augenblicken war alles vorbei. Der Regen rauschte, und das Wasser strömte über den Hof wie vorher. Gregor fasste Andruschka an der Hand und zog sie hinter sich her dem Wohnhause zu, wo Ibrahim die Petroleumlampe angezündet hatte, er stand am Fenster und starrte in die Finsternis.

»Gott ist groß«, rief er dankbar, als er die beiden erblickte. Auch in die Stube war das Wasser gedrungen. Die wenigen geretteten Getreidesäcke lagen auf den Bänken und dem großen bäuerlichen Holztisch. »Wo die Pferde nur sein mögen?«, sagte Ibrahim und setzte sich bekümmert auf einen Strohsessel. Sein leicht geöffneter Mund zitterte, denn Ibrahim war gleichfalls völlig durchnässt und fror.

»Werden schon irgendwo sein«, tröstete ihn Andruschka, »ich habe das Hoftor aufgemacht, und sie sind nach der Stadt zu gelaufen. Morgen früh kriegst du sie wieder.«

»Trink lieber einen Cognac«, rief Gregor und drückte ihm ein volles Glas in die Hand.

»Es ist Sünde für einen Gläubigen«, murmelte Ibrahim, trank aber doch.

Ab und zu hörte man dumpf, wie draußen im Hof irgendeine Mauer oder ein Dachstuhl zusammenstürzte. Dann lief Gregor jedes Mal ans Fenster, aber sehen konnte er nichts. Das Regenwasser lief in Schlieren an den Scheiben herunter, hinter ihnen war Finsternis. Gegen Mitternacht hörte der

Regen auf, der Sturm, der um das Haus heulte, jagte die Wolken am Mond vorbei. In seinem trüben Licht konnte man den Umriss der nächsten Dinge erkennen.
Gregor trat unter die Haustüre. »Das Wasser fällt«, rief er, »die oberste Stufe ist bereits frei.« In ihrer Kammer hörte er Andruschka hantieren.
»Seht Ihr die Pappel«, rief sie als Antwort, »sie steht noch, und Ibrahims Haus neben dem Hoftor ist auch ganz geblieben. Ihr dürft aber nicht in der Kälte herumstehen, nass wie Ihr seid.«
Sie kam mit einem Pelzmantel und legte ihn Gregor um die Schultern.
»Was nun?«, fragte dieser, Ibrahims verzweifelten Ton nachahmend, »soll ich weinen, soll ich lachen?«
»Ruht Euch ein wenig aus«, sagte Andruschka und führte ihn in die Stube zurück.
Beim Morgengrauen stand Gregor wieder am Fenster. Je mehr das Licht zunahm, umso weniger empfand er das Bedürfnis, hinauszugehen und sich die Verwüstung anzuschauen. Sie ist so groß, dachte er verzagt, dass jede Bemühung, etwas aus den Trümmern retten zu wollen, vergeblich wäre. Ich bin, wie man so sagt, ein ruinierter Mann. Trotzdem holte er sich die Wasserstiefel aus der Truhe, zog sie umständlich an und ging zur Tür hinaus. Von dem rauschenden Strom, der am Abend vorher den Hof überschwemmt hatte, war nur ein zäher stinkender Schlamm übrig geblieben. Der Fluss führte zwar noch Hochwasser, lief aber in dem altgewohnten Bett. Gregors erster Blick galt dem Geräteschuppen oder vielmehr dem Platz, wo dieser gestanden hatte. Die Pfosten der Seitenwände

hatten den Lehmbrei der Mauern gestaut, aus dem die zerbrochene Lehne eines Stuhles und ein Tischbein herausragten. Zehn Meter weiter hingen in den untersten Zweigen der Pappel, die dort stand, einige Dachsparren und wiesen mit ausgestreckten Armen den Weg, den die übrigen genommen hatten. Der Pferdestall und das südliche Stück der Hofmauer waren vollkommen verschwunden. Man sah ungehindert auf die Wiese, die zu Gregors Grundstück gehörte. Durch das Gras und den aufgewichten Boden kamen fünf Gänse laut schnatternd näher. Die ersten Heimkehrer, dachte Gregor und freute sich, sie werden genug zu fressen finden. Er blickte nach den andern Wirtschaftsgebäuden, die sich mit ihrer Rückseite an die dem Fluss gegenüberliegende Hofmauer anlehnten. Bei allen war die Türe, teilweise auch die Außenwand eingedrückt. Die Wagenremise, die als letzte in der Reihe stand, war zusammengebrochen. Überall konnte man an den Wänden und stehengebliebenen Mauern die Grenze sehen, bis wohin das Wasser gestiegen war. Dort klebten zusammen mit Schmutz und Strohhalmen die aufgequollenen Getreidekörner. Ibrahims Häuschen neben dem Tor war stehengeblieben, aber im Innern sah es trostlos aus.
Gregor ging, um die Küchenschaufel zu holen, denn eine andere gab es wohl nirgends mehr.
»Wir wollen bei deiner Hütte anfangen«, sagte er zu Ibrahim, »wirf den Dreck einfach auf die Straße, auf etwas mehr oder weniger kommt es jetzt nicht mehr an.«
Während der Arbeit hörten sie das Signal von Pjotrs Lastwagen. Gleich darauf hielt er vor dem

Tor. Der Schlag zum Führersitz öffnete sich, Alexandra streckte vorsichtig einen Fuß heraus, als wolle sie nachprüfen, ob es nicht doch noch regne. »Gott, was für ein Zustand«, rief sie, »wie froh bin ich, dass ich gestern Abend nicht bei dir war, das muss ja schrecklich gewesen sein.«

»Ist jemand ersoffen?«, fragte Pjotr. »Warte ein wenig, Bruderherz«, sagte Alexandra und streichelte ihm die blasse Wange, »ich will nur das Schlafzimmer anschauen, ich bin gleich wieder da.«

»Bitte Gregor, nimm mich auf die Arme.«

»Wenn du nur die Möbel sehen willst, brauchst du dich nicht zu bemühen«, erwiderte Gregor, aber er streckte ihr doch die Arme entgegen. – »Wie grob du bist«, rief Alexandra, »und wo trägst du mich hin?«

»Ich denke, du willst die Möbel anschauen? Hier sind sie!« Und er machte Miene, sie in dem Lehmbrei vor der Ruine des Geräteschuppens abzusetzen. Alexandra kreischte laut.

»Komm«, sagte er gutmütig und trug sie in das Wohnhaus, »es war nicht so gemeint.« Im ganzen Anwesen, sogar in der Stube, roch es nach Feuchtigkeit und Schlamm. Alexandra zog die Nase hoch. »Wo soll ich mich denn hinsetzen?«, fragte sie. Gregor nahm die Hafersäcke vom Tisch, auf dem noch immer das Briefchen lag, und setzte Alexandra daneben.

»Stimmt das mit den zehn Tagen?«, fragte er und deutete auf das rosa Papier.

»Vielleicht«, entgegnete Alexandra, »nun zeig mir endlich die Möbel.«

»Du hast sie ja gesehen, sie sind zerbrochen, fortgeschwommen, futsch.« Und er machte eine entsprechende Handbewegung.

»Wie?«, schrie Alexandra, »der Dreckhaufen im Hof?«
»Jawohl«, bestätigte Gregor kalt, »sonst haben wir nichts mehr.«
»Du solltest nicht in der Mehrzahl reden«, sagte Alexandra gedehnt, »jedenfalls das hier«, und sie deutete auf das Briefchen, »stimmt jetzt nicht mehr.«
»Das stimmt schon seit gestern Nachmittag nicht mehr«, entgegnete Gregor, »du kannst von heute ab mit deinem Bruder nach Durbuldschin fahren oder wohin du willst.«
»Das werde ich auch tun«, rief Alexandra triumphierend, »der Gouverneur hat ihm eine Stelle in der Hauptstadt angeboten, und du kannst gerne in Tschugutschak bleiben samt deinem Dreckhaufen. Ich brauch dich nicht mehr. So, und nun trag mich zum Wagen.«
Gregor, der bei der Tür stehen geblieben war, winkte Ibrahim. »Trag diese Dame zum Auto, aber lass sie nicht in den Dreck fallen, sie liebt das nicht.«
Alexandra war vom Tisch gesprungen. »Ich kann auch allein gehen«, sagte sie, und ihre Augen flackerten zornig. »Ich habe dir schon gesagt, dass ich dich nicht mehr brauche. Das hast überhaupt nur du geglaubt, weil du ein dummer Junge bist.«
Sie näherte sich ihm und stellte sich auf die Zehenspitzen. »Du hast sogar geglaubt, dass Pjotr mein Bruder sei. Wie dumm du bist.«
Damit schritt sie an ihm vorüber und zur Tür hinaus. Gregor hörte sie mit vorsichtigen Schritten an der Hausmauer entlanggehen, er vernahm den erstaunten Ruf Pjotrs und endlich das Geräusch

des anlaufenden Motors. Wie bin ich glücklich, dachte er, als er das Geratter des Wagens nicht mehr hörte. Er sprang zum Tisch, nahm das rosa Briefchen und zerriss es in kleine Stücke, dann rief er nach Andruschka.

Als sie nicht gleich kam, lief er in die Küche, hielt ihr die Hände fest und küsste sie auf den Mund. »Diesmal ist es nicht zum Spaß«, rief er und küsste sie wieder und wieder.

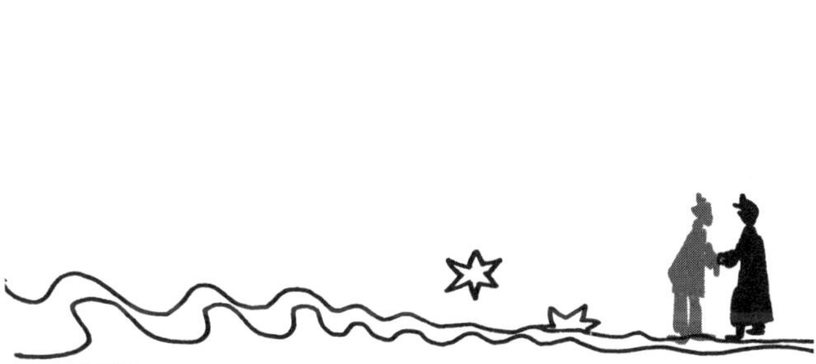

Hochwasser

An einem der ersten Junitage des Jahres 1928 rollten wir auf zwei Lastwagen der russischen Grenze entgegen. Wir fuhren schon mehrere Tage, und heute sollte die letzte Strecke bewältigt werden. Wir waren fröhlich, und die Fahrer sangen, denn ein gutes Quartier und ein paar Ruhetage in der Grenzstadt Tschugutschak standen in Aussicht. Obgleich es keine Straße gab, kamen wir flott voran. Zwei ausgefahrene Karrengleise zeigten die Richtung. Plötzlich fuhr der erste Wagen langsam, der zweite machte es dem ersten nach, und dann standen beide auf einer kaum mannshofen Uferböschung. Unten rauschte ein Fluss.

»Gibt es was, Herr Doktor?«, fragte ich Sven Hedin, der eben aus dem Führerhaus kletterte.

»Leider nichts«, antwortete er lächelnd, »Sie sehen es ja. Hier war gestern eine Brücke, aber jetzt ist sie weg. Würden Sie so gut sein und mir den Schlafsack vom Wagen reichen?«

»Sie meinen wirklich, Herr Doktor? ... es ist ja noch früh am Tag.«

»Das ist ein Glück«, sagte Hedin, »wir haben Zeit, uns für die Nacht einzurichten.« Ich wollte das nicht glauben, und meine Kameraden betrachteten mit mir den Fluss, und sie glaubten es auch nicht. Der Fluss hieß Ömil. Sein Wasser war trüb, es floss rasch, kleine Wirbel an der Oberfläche drehten

sich flink im Kreis, aber sonst war nichts Furchterregendes zu bemerken.
»Die Sache ist einfach«, sagte Heider, »man muss eine Furt suchen.«
»Richtig!«, sagte Marschall, den wir Emir nannten, und er zog gleich den Rock aus. »Eine Waschung«, erklärte er, »zählt zu den Werken, die der Prophet billigt.«
Also zogen wir die Kleider und die Stiefel aus, und dann stiegen wir die Uferböschung an einer eingebrochenen Stelle hinunter. Doch wir suchten vergeblich nach einer Furt. In der Flussmitte mussten wir überall ein Stück schwimmen, auch da, wo das Wasser breit zwischen Schilfwiesen dahinströmte. Als wir frierend ans Ufer und zu den Lastwagen zurückkehrten, saß Hedin auf dem Schlafsack. Er studierte ein Kartenblatt.
»Ich kenne den Ömil«, sagte er, »wir sind alte Bekannte, aber ich weiß nicht, was ihm jetzt eingefallen ist. Dies hier ist nämlich nur ein kleiner Seitenarm. Vor 35 Jahren war er ein friedlicher Bach. Wenn wir drei oder vier Tage warten, kommen wir mit den Automobilen durch. Bis dahin hat sich das Hochwasser verlaufen.«
»Und wenn wir nicht warten?«, fragte ich.
»Dann schwimmen Sie hinüber. Nach einer Stunde Wegs kommen Sie an den Hauptfluss. Dort gibt es eine feste Brücke, und ich hoffe, sie ist noch da. Von der Brücke aus sehen Sie das Dorf Durbuldschin, und in Durbuldschin können Sie Karren mieten. Mit Karren und mit Pferden kommen wir hier durch.«
Ich schaute Emir an, und Emir nickte. Wir waren nun schon einmal nass und durchfroren. Wir ban-

den die Kleider als Riesenturban um den Kopf, und dann schwammen wir durch den Seitenarm des Ömil, der vor 35 Jahren ein Bach gewesen war. Jetzt nahm er uns ein tüchtiges Stück flussabwärts mit. Das war gegen zehn Uhr vormittags.
Am späten Nachmittag kehrten wir mit drei Karren und mit drei Kutschern und mit vielen Pferden zurück. Wir luden das Gepäck von den Lastwagen auf die Karren um, und zuunterst stellten wir die wasserdichten Koffer aus Blech. Was trocken bleiben musste, kam obendrauf. Schließlich waren nur noch Sven Hedin und der Schlafsack übrig, auf dem er saß und das Rasierzeug auspackte.
»Schicken Sie mir ein Pferd herüber«, sagte er, »sobald Sie drüben sind. Ich komme nach.«
Der Übergang war aufregend. Die Kutscher saßen oben auf dem Gepäck und schrien, die Karrenräder verschwanden im Wasser, die Pferde mussten schwimmen, und wir schwammen voran und zogen sie mit einem Strick an Land. Zum Glück waren die Lasten so schwer, dass die Karren nicht auch zu schwimmen anfingen. So ging alles gut.
Am andern Ufer saß Hedin und rasierte sich. Er war aber nicht mehr allein. Ein alter, bärtiger Türke mit einem Turban auf dem Kopf stand neben ihm und schaute zu, wie wir über den Fluss gingen. Der Mann war mit einem leichten Gespann von zwei Pferden und mit einem Wägelchen gekommen, das leer war. Anscheinend sprach er mit Hedin. Ich sah wiederholt, wie Hedin das Messer absetzte, den Finger warnend hob und heftig den Kopf schüttelte. Der Mann aber zuckte die Schultern, setzte sich auf sein Wägelchen und trieb die Pferde in den Fluss. In diesem Augenblick kam

Emir mit einem Pferd für Hedin ans andere Ufer und stieg prustend an Land. Dann blieb er stehen. Wir alle blieben stehen, und wer eine Bewegung machte, unterbrach sie, denn ein gellender Schrei ertönte aus der Flussmitte. Die beiden Pferde des alten Mannes schwammen, aber bevor sie wieder Fuß fassen konnten, schwamm das Wägelchen auch, und nun trieben Pferde und Wagen flussabwärts. Der alte Türke schrie nicht mehr. Er kniete auf den Wagenplanken, und in der lähmenden Stille hörte man ihn beten. Er sprach die Todessure des Koran. Ich hörte gerade noch den ersten Anruf zu Allah, ich sah, wie Emir dem Mann nachspringen wollte und wie Hedin ihn zurückhielt und ihm schnell etwas in die Hand drückte. Doch da schwamm ich schon dem treibenden Gespann nach. Als ich die Pferde am Zügel fassen konnte, erkannte ich, dass ich das Wichtigste vergessen hatte. »Ein Messer!«, schrie ich laut. Allein es war zu spät. Auch Emir war schon im Wasser. Ich hielt den kämpfenden Pferden die Mäuler hoch. Sie waren hilflos im Geschirr verstrickt, und wenn sie Grund fassten, musste ich Acht geben, nicht getreten zu werden. Dann wurden wir wieder abgetrieben. Ich schrie noch einmal nach einem Messer, aber da war Emir bereits bei mir. »Schrei nicht so laut!«, rief er außer Atem. Er hielt das Rasiermesser Hedins in der Hand. Nun war alles einfach. Wir drängten die Pferde gegen das Ufer, und dann schnitten wir die Stränge durch. Jeder zog ein Pferd an Land. Der Wagen mit dem betenden Moslim steckte im Treibsand fest. Als wir ihn holten, fiel uns der alte Mann zu Füßen. »Bedanke dich bei dem dort drüben«, sagte Emir, »der hat mehr Geis-

tesgegenwart gehabt als wir beide zusammen. Verstehst du das?«
Er zeigte auf Sven Hedin und dann auf das Rasiermesser. Aber der alte Mann verstand nicht, was Emir sagte, und das war auch nicht gut möglich. Außer Hedin sprach bei uns niemand türkisch.

*Mongolische Weisheiten**

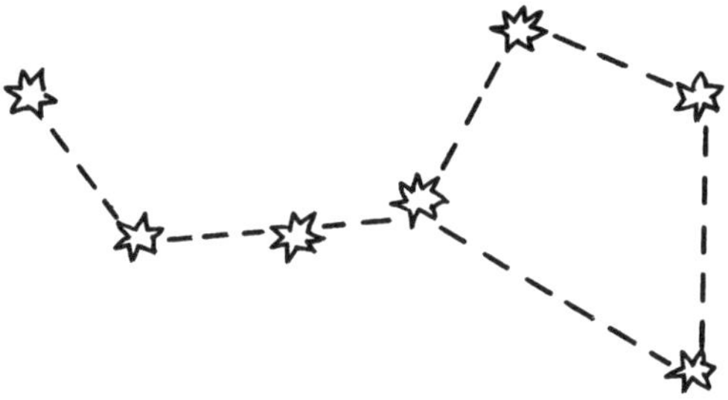

** Fritz Mühlenweg hat den Menschen, von denen er erzählt, prägnante Sprüche in den Mund gelegt, die seither zum Denkvorrat oder sogar Erkennungszeichen seiner Leser gehören.*
Viele dieser Einsichten hat er während der Expedition mit Sven Hedin von mongolischen Nomaden gelernt; zum Beispiel von Märin, s. o. S. 12. Auf einige ist er auch in der archaischen Weisheit des I Ging gestoßen. Und manche hat er selber erfunden, in jenem Ton einer ursprünglichen Naivität, der ihm bei seinen eigenen Kindern begegnete und ihm auch im nachsichtigen Humor von »Winnie the Pooh« gefiel.
Hier sind sie zum ersten Mal gesammelt, fürs tägliche Leben, wenn Zuversicht, Freude, Trost und gute Wünsche gebraucht werden.
Wer sie in ihrem spannenden Kontext nachlesen will, findet über die jeweils angegebenen Seitenzahlen dorthin: zurück in sein schönstes Buch »In geheimer Mission durch die Wüste Gobi«.

Himmel und Erde sind grenzenlos, aber dem Menschen ist ein Ziel gesetzt. *(278)*

Die Menschen wissen von den meisten Dingen nur die Hälfte, die sie dann als das Ganze ausgeben. *(565)*

Der Ablauf des Schicksals ist ohne Gleichmaß. Wer das erkennt, jubelt nicht darüber, dass er lebt, und er verzweifelt nicht am Tode. *(743)*

Der Weg geht hin und her. Mein Großvater sagt, das sei der Gang des Himmels. *(178)*

Kein Ding ist schlimm. Allein der Mensch gibt den Dingen Bedeutung und Botschaft, und dann haftet sie an ihnen. *(191)*

Wer ein gutes Gewissen hat, dessen Herz erschrickt nicht, wenn um Mitternacht an die Tür geklopft wird. *(220)*

Begrüßung überraschender Vorfälle

Unverhoffter Reichtum hat sich eingestellt. *(327)*
Die Kuh ist zum Stall hinaus. *(349)*

Auf die Minderung folgt Mehrung. *(718)*

Vom Abwarten und Innehalten

In der Eile sind Fehler *(s. o. S. 18)*

Wir wollen warten; im Warten liegt Heil. *(178)*

Der halbe Segen ist nicht der ganze, der vorläufigen Mehrung folgt die Vollendung. *(70)*

In jedem Ding steckt was, das wert ist betrachtet zu werden. *(750)*

Worte (und andere Geschenke) unter Freunden

Wer Freunde hat, ist nicht verloren, und des Unscheinbaren Kraft bewegt die Welt. *(73)*

Das Herz möchte die Entfernung überschreiten; leider ist sie zu groß. *(94)*

Die geringen Entfernungen sind die größten Hindernisse für Freunde, die beisammen sein möchten. *(191)*

Beim Wiedersehen

Unser langes Ausschauen nach eurem Anblick ist endlich gestillt. *(54)*

Mein Sehnen nach dir hat einen hohen Grad erreicht. *(299)*

Reisewünsche

Wir wünschen zahlreiche Glückssterne. *(30)*

Gehen führt in Hemmnisse, aber das Heil ist nah. *(74)*

Wir wünschen Bequemlichkeit und gute Reise! *(62)*

Euer Weg sei leicht und gut! *(144)*

Ich wünsche Behaglichkeit zu allen Stunden, lebt wohl! *(174)*

Ich hätte euch vieles zu sagen, aber ich habe wenig Zeit. So müsst ihr selber herausfinden, was ihr tun dürft und was ihr lassen sollt. *(43)*

Trostspruch beim Abschied

Des Schicksals Befehl heißt uns gehen. Wir wissen nicht, wohin es uns führt, doch überall werden wir deiner himmelhohen Güte gedenken. Du sollst alle Tage leicht und gut in Frieden verbringen. *(508)*

So ist es immer, wenn es wo zufriedene Heiterkeit gibt, heißt es gleich: Ihr müsst gehen, es kommt ein Wagen voll Teufel. *(493)*

Beharrlichkeit bringt Heil. Durch Fortschreiten erreicht man den rechten Platz. *(656)*

Wann wird uns der Himmel wieder beisammen sehen? *(556)*

Ich werde »Sä Jabonah!« rufen, aber ich weiß, dass ich nachher weinen muss, denn wir werden für immer getrennt sein. *(464)*

Harter Abschied

Geh fort, du verfinsterst mir die Aussicht. *(76)*

Lob der Gegenwart

Von Zukunft sprechen ungewiss sein und töricht. *(116)*

Man befragt einen Wanderer nicht, wie er tausend Li zurückgelegt hat; wenn er nur ankommt. *(511)*

Die Zukunft ist ungewiss, sicher ist nur das Gegenwärtige. *(528)*

Nützliche Bitten und großer Dank

Wir bitten um weitherzige Entschuldigung. *(210)*

Ich bitte, mir weitherzig zu vergeben. *(313)*

Leiht uns euer Licht in einer schwierigen Sache. *(613)*

Steine und Felsen verneigen sich vor deiner Güte. *(496)*

Warnungen

Unvorsichtiger! Du trittst dem Tiger auf den Schwanz! *(68)*

Wenn der Wind nicht weht, bewegen sich die Bäume nicht. *(275)*

Sprüche zur Abwendung von Arbeit

Man kann in der Wärme besser warten, als wenn man friert und die Haare voll Schnee kriegt. *(104)*

Hüte die Pferde und erschlage den Wolf, wo du ihn triffst, züchte Kamele und reite meinetwegen bis dahin, wo die Welt aufhört. Aber beschmutze deine Hände nicht mit unwürdiger Arbeit. *(110)*

Respektvolle Worte an Heranwachsende

Euer Benehmen ist eine Wohltat, es erinnert mich an die Zeiten, als die Ordnung der Welt nicht gestört war. *(450)*

Du hast an einer Botschaft schwer zu tragen, es war unklug von mir, dir eine zweite aufzutragen. *(133)*

Kindliche Torheit hat Gelingen. *(178)*

Wir denken vielmehr, dass du ein Schlingel seist. *(126)*

Junge Toren soll man mit Milde ertragen, aber nicht ehren. *(490)*

Gute Vorsätze nach solchen Worten

Wir wünschen uns ausgezeichnet zu betragen. *(196)*

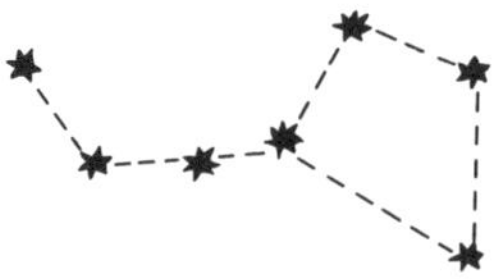

Sprüche zur Stärkung der Tapferkeit

Es gibt keine Hilfe! Wir sitzen fest wie der Fuchs im Eis. *(289)*

Wir sitzen bedrängt unter einem kahlen Baum. *(210)*

Man kann nicht leben und zugleich Angst haben. *(140)*

Es gibt keine Hilfe. Wir müssen tapfer sein, oder so tun, als ob wir es wären. *(615)*

Das Bewusstsein der Gefahr bringt Heil. *(517)*

Die Anfangsschwierigkeit bewirkt erhabenes Gelingen. *(289)*

Wenn des Großen Übergewicht drückend wird, ist die Zeit gekommen, stillezuhalten, und der gerade Weg wäre nicht der kürzeste. *(514)*

Es gibt zweierlei Tapferkeit. Mein Herz ist froh, dass du die besonnene Art wähltest. *(303)*

Die Klugheit verbietet den Zorn. *(279)*

Man muss dem Tiger von hinten auf den Schwanz treten, dann hält er es für eine angenehme Berührung und lässt es sich gern gefallen. *(214)*

Auf das Ende folgt immer wieder ein Anfang. Sei getrost, ich habe das Unglück der Welt kennen gelernt. *(551)*

Ermutigung in schwierigem Alltag

Es gibt gute und schlechte Begebenheiten, man kann nicht lauter Lustbarkeiten erwarten. *(577)*

Die Anfangsschwierigkeit bringt Gelingen. Wer keine Beschränkung kennt, wird zu klagen haben. *(633)*

Die Verfinsterung des Lichts wird bloß eine vorübergehende sein. *(578)*

Immer alles richtig machen geht nicht. *(609)*

Das Wasser fließt ununterbrochen und kommt ans Ziel. *(600)*

Zwei Unterhaltungen gegen die Angst

»Es gibt keine Hilfe«, erklärte Lo-Tjang.
»Man muss darüber reden«, schlug Christian vor, »es ist mühsam, einen mächtigen Gegner zu überwinden, aber es ist nicht unmöglich.« *(80)*

»Ich habe Angst, Kwi-Schan, aber das geht vorüber. Vorwärts und rückwärts ist Abgrund. Wir wissen es, nur darf es uns niemand anmerken.«
»Hast du viel oder wenig Angst?«, erkundigte sich Christian.
»Nicht sehr viel und nicht sehr wenig, gerade nur so«, sagte Großer-Tiger, »wir müssen tapfer sein wie die Alten vom Berge, da ist keine Hilfe.«
»Es ist schwer, tapfer zu sein«, sagte Christian.
»Nicht, wenn man muss«, behauptete Großer-Tiger, »du wirst schon sehen; wir sind ja zu zweit.« *(156)*

Ein Vertrag gegen Mutlosigkeit

»Es geht nicht, dass wir beide mutlos sind.« – »Dann«, sagte Christian, »müssen wir einen Vertrag machen: Nur einer von uns darf verzweifelt sein und ›Es gibt keine Hilfe‹ sagen.« – »Das bin ich«, sagte Großer-Tiger geschwind. – »So wäre es kein Vertrag. Ein Vertrag ist anders. Sobald einer von uns ›Es gibt keine Hilfe‹ sagt, muss der andere etwas Zuversichtliches reden, und dann ist es ein Vertrag, der gilt.« *(235)*

Über Reden und Schweigen

Es gibt eine Zeit zu reden, und es gibt eine Zeit zu schweigen. Ihr habt die richtige Zeit nicht erkannt. *(359)*

Solche Gedanken musst du dir für später aufheben. *(432)*

Es könnte sein, dass ein Wort davonfliegt, und keiner kann es je wieder einholen. *(387)*

Ich ließ mich hinreißen, euch mit überflüssigen Worten zu belästigen. *(351)*

Ich habe Belehrung erfahren, und kein Wort wird mir entwischen. *(639 f.)*

Wer euch zuhört, kriegt schnelle Ohren. Denn ihr sagt nichts, ohne dass was dahinter steckt. Ihr seid wackere Spitzbuben, nie fand ich aufgewecktere. *(489)*

Bewunderung und Bescheidenheit

»Ich bleibe vor Bewunderung stumm«, rief Glück, »du weißt sehr viele Wörter.« – »Keine Erwähnung deswegen«, tat Christian bescheiden. *(186)*

Du verschwendest dein Herz. *(61)*

Gegen engherzige Standpunkte

Du musst dein Herz weit machen. *(214)*

Man muss der Wahrheit stets auf die Beine helfen, das weiß jeder. *(442)*

Vom Fortwirken des Gewesenen

Die Vergangenheit dringt empor wie das Holz aus der Erde. *(263)*

Lob des Zukünftigen

Wir können das Geschehene nicht rückgängig machen, jetzt müssen wir eilig fort. *(434)*

Es gibt Leute, die an morgen denken statt an gestern und vorgestern. *(718)*

Worte der Gastfreundschaft

Sitzt ihr auch leicht und gut? *(196)*

Du bist unser geehrter Gast und musst folgsam sein. *(202)*

Hier ist eine wertlose Gabe. Nehmt mein schlechtes Geschenk mit Wohlwollen auf. *(211)*

Zur Begrüßung einer ungewöhnlichen Speise

Wir kannten es nicht, jetzt kennen wir es auch, und es schmeckt gut. *(203)*

Ermutigung zum Weitertrinken

Die Mäßigkeit erlangt den Himmelsweg. *(250)*

Es ist auch nur wegen der Gesundheit. *(250)*

Jetzt ist die richtige Zeit, den angewärmten Geist mit einer Geschichte zu erfreuen. *(407)*

Tee trinken ist auch eine wichtige Sache. *(685)*

Selbsttröstung bei Anwesenheit von Dummköpfen

Da gibt es keine Hilfe. Man muss die Ungebildeten mit Geduld ertragen. *(262)*

Man soll sich des Streits enthalten. Besser ausgewichen als angefahren. *(466)*

Dem Gemeinen zersplittert das Haus ohne Zutun. *(595)*

Höfliche Absage

Ich fürchte, das ist kein sehr guter Gedanke. *(236)*

Selbsterkenntnis

Die Gedanken eines schlechten Menschen kann man leichter erraten als die eines guten. *(230)*

Spruch der Erleichterung

Ich war in großer Sorge, jetzt bin ich es nicht mehr. *(452)*

Worte des Verzeihens

Unverschuldetes Unglück bedarf keiner Entschuldigung. *(554)*

Unverschuldetes Hemmnis ist kein Makel. *(749)*

Höfliche Kritik, vielseitig verwendbar

Mir scheint, ihr habt nicht den Duft großen Ruhms hinterlassen. *(530)*

Höfliche Rechtfertigung verlorener Gegenstände

Die Dinge können nicht dauernd an ihrem Platz weilen. *(448)*

Lob des Aufstehens

Wer früh aufsteht, fängt den Tiger. *(643)*

Lob des Schlafes

»Fragen nicht gut«, erklärte Bator, »besser viel erfahren ohne Fragen, Mensch Wahrheit leicht sagen, wenn gut geschlafen etwa.« *(120)*

Der Schlaf des Menschen ist eine ernste Sache. *(298)*

»Steht ihr jeden Tag so früh auf?«, fragte Christian.
»Die Nacht ist vorüber«, antwortete Siebenstern, »da muss man doch aufstehen.«
»Man könnte auch liegen bleiben«, versicherte Christian. *(559)*

Ene ju beino: »Kwi-Schan, fühlst du dich leicht und gut?« – »Ja, Großer-Tiger, ich fühle mich leicht und gut.« – »So grüßen sich die Mongolen«, sagte Großer-Tiger. *(212)*

»Jabonah hießt eigentlich nur ›gehen‹, natürlich nicht zu Fuß, weil in der Mongolei niemand zu Fuß geht, solange er reiten kann. Es heißt ›aufbrechen‹, oder: ›Jetzt geht die Reise los‹; und weil nichts schöner ist als eine Reise tun, freut sich jedermann, wenn ›Jabonah‹ gerufen wird.« *(199)*

Jabonah! Es ist nicht gut, auf einem Fleck zu sitzen, solange man reiten kann. *(359)*

Der Mensch ist nicht zum Gehen mit den Füßen auf der Welt. Man hat zwei Beine, damit man reiten kann. *(395)*

Hammaguä: es ist keine Befürchtung vorhanden. *(218)*

In der Mongolei kann man sich nichts vornehmen; es kommt, wie es kommen muss. *(184)*

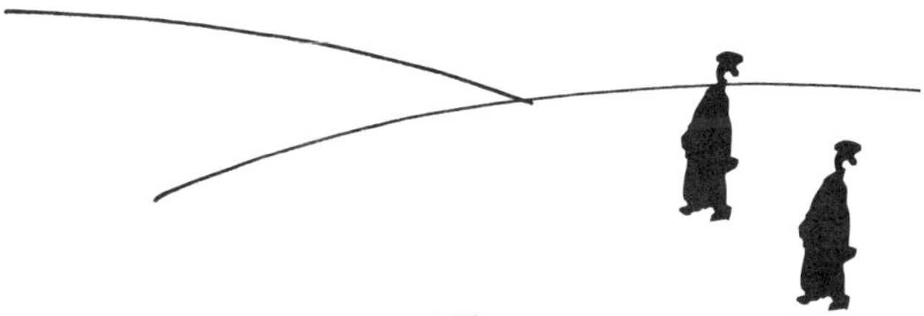

Fritz Mühlenweg im Zeichen der Libelle

Fritz Mühlenweg
In geheimer Mission durch die Wüste Gobi
Roman. 780 S., Leinen, mit Wüstenfotos von Mühlenweg
und einem biografischen Nachwort von Ekkehard Faude
ISBN 3-909081-58-4

Fritz Mühlenweg
Fremde auf dem Pfad der Nachdenklichkeit
Roman. 304 S., gebunden, mit einem Nachwort von Gisbert Haefs
ISBN 3-909081-53-3

Fritz Mühlenweg
Tausendjähriger Bambus
Nachdichtungen aus dem chinesischen Shijing
Gedichte. 96 S., mit einem biografischen Nachwort von Ekkehard Faude
ISBN 3-909081-67-3

Fritz Mühlenweg
Nuni
Der Kinderbuch-Klassiker. Mit Bildern von Rotraut Susanne Berner
und einem Nachwort von Ekkehard Faude
144 S., gebunden, gedruckt in fünf Farben
ISBN 3-909081-83-5

Fritz Mühlenweg
Malerei
192 S., gebunden, mit 50 Farbtafeln und 78 s/w-Bildern, mit einem kunsthistorischen Beitrag von Barbara Stark und einem biografischen Essay von Ekkehard Faude.
Katalog der Konstanzer Retrospektive zum 100. Geburtstag des Malers und Erzählers
ISBN 3-909081-84-3

»Es ist, als ob Karl May Pu den Bären getroffen und von ihm endlich gelernt hätte, dass der Reiz der Ferne sich nicht in serieller Superman-Action vor exotischer Kulisse erschöpft. Sprache und Erzählweise formen hier ein Stück Literatur, das für Leser aller Altersstufen gleichermaßen zum Kultbuch werden kann.« Heribert Seifert, Tagesspiegel

»Endlich, endlich sind zwei der schönsten Jugend- und zugleich Erwachsenenbücher, die es überhaupt gibt, wieder in ungekürzter Form zu lesen ... Das Buch bleibt immer spannend, und abgesehen davon, dass man die Lektüre nur schwer abbrechen kann, ist es ein ideales Vorlesebuch, das den Erwachsenen keinerlei Opfer abverlangt.«
Ludger Lütkehaus, DIE ZEIT

Kurze Geschichte der Heimlichkeiten ...
Diese Erzählungen sind unter dem Titel ***»Echter und falscher Zauber«***
erstmals bei Herder 1963 erschienen und waren bald vergessen.
Mit ihrer Neuauflage 1991 unter dem Titel
»Kleine mongolische Heimlichkeiten«
begannen wir im Zeichen der Libelle die Wiederentdeckung
des Erzählers Fritz Mühlenweg.

Gut zehn Jahre später hat dieser unverwechselbare Ostasien-Reisende, Autor, Maler und Familienvater mit seinen Büchern *(s. o. S. 157)* *wieder eine wachsende und begeisterte Lesergemeinde gefunden.*

Dass der Leser Joschka Fischer, anno 2001 als Außenminister bei einem Staatsbesuch in Samarkand vor laufenden Kameras sagte, das alles komme ihm aus Großer Tiger und Christian bekannt vor, war die Homage an die Hauptpersonen aus Mühlenwegs »In geheimer Mission durch die Wüste Gobi«; aber wir schweifen ab und wollen überhaupt keine Spekulationen darüber anstellen, ob der lange Marsch durch die Institutionen auf den leisen Sohlen der Mühlenweg'schen Weisheit (»In der Eile sind Fehler«) vorankam ... Jedenfalls wird anlässlich der 5. Auflage dieser Band mit Erzählungen unter einem leicht vergrößerten Titel ***(»Mongolische Heimlichkeiten«)*** *neu gestaltet & angereichert um jene schönsten und eindrücklichsten Sprüche und Weisheiten, mit denen sich Mühlenweg-Leser auch in leicht gereizter Stimmung noch zu erkennen geben (»Mir scheint, Ihr habt nicht den Duft großen Ruhms hinterlassen«).*

Wenn wir einen wichtigen Spruch vergessen haben: Wir freuen uns über Nachrichten (elektronisch: über www.libelle.ch; mit Briefmarke: Libelle, Postfach 10 05 24, D-78405 Konstanz).

Alle Jubeljahre wird auch (»Es gibt Leute, die an morgen denken statt an gestern und vorgestern«, s. o. S. 151) ein neuer Umschlag fällig. Die Wüstenwanderer, die Rotraut Susanne Berner für die Ausgabe der 90er-Jahre erfand, haben ein wenig ihre Richtung geändert und verfolgen noch auf S. 3 ihren Sternenpfad: von jenem Sommer 2002 an, in dem auch gerade eine italienische Ausgabe dieses Buchs ihren Weg beginnt.

Umschlag- und Buchgestaltung: Philomena Phlox

Gesamtherstellung: Pustet in Regensburg

ISBN 3-909081-93-2